Amma Darko

Der verkaufte Traum

Schmetterling Verlag

Die Deutsche Bibliothek — CIP-Einheitsaufnahme

Darko, Amma:
Der verkaufte Traum: jenseits der Kornfelder/Amma Darko.
(Aus dem Engl. übertr. von Carmen Baerens). - 1.Aufl. -
Stuttgart: Schmetterling-Verl., 1991
ISBN 3-926369-14-0

Schmetterling Verlag
GbR Jörg Hunger & Paul Sandner
Waiblinger Str. 20a
7000 Stuttgart 50

ISBN 3-926369-14-0
1. Auflage 1991
Printed in Germany

Übertragen aus dem Englischen von Carmen Baerens
Redaktion: Gabriele Sziedl-Ebner
Titelbild nach einem Foto von Volger Kucher, Stuttgart
Satz: Schmetterling Verlag
Druck: GuS, Stuttgart
Binden: Libellus, Stuttgart

Spiegelbilder

Hier sitze ich nun vor meinem großen, ovalen Spiegel. Ich stehe auf oval. »Nicht zu rund und nicht zu eckig«, sage ich immer, wenn ich gefragt werde, weshalb bei mir Tische, Spiegel, einfach alles, oval sind. Ehrlich gesagt, mir gefällt das Ovale einfach. Es hat so etwas Friedliches und gibt mir, mehr als andere Formen, innere Wärme, die ich weiß Gott nötig habe.
Ich sehe ein Gesicht, das mich erschreckt. Es ist mein Spiegelbild, nein... was davon übrig geblieben ist. Von rechts und links, von oben und unten, aus allen Ecken, höre ich schrilles Gelächter, Schnaufen und Keuchen. Irgendwo knarrt ein Bettgestell. Ich höre ihr Stöhnen, in Zimmern, die genauso aussehen wie meines, in denen dasselbe geschieht wie in meinem. In jedem dieser Zimmer gibt es eine Frau wie mich, die darauf wartet, benutzt und mißhandelt zu werden von einem dieser merkwürdigen Männer. Das alles geschieht gleich nebenan, doch hier allein in meinem Zimmer fühle ich mich weit entfernt. Alleingelassen, verloren und... so kalt.
Ich trage nur einen rotseidenen Slip, ich bin fast nackt. Doch nicht so sehr am Körper, sondern tief in meiner Seele spüre ich die Kälte. Es fröstelt die schwermütige Seele, verborgen in meinem Körper. Alt ist sie geworden, da der umhüllende Körper verbraucht und abgenutzt ist. Ich habe mich benutzt und ich habe mich auch zu sehr benutzen lassen, als daß ich mir noch Gedanken darüber machen müßte. Gefühllos bin ich dabei aber nicht geworden. Noch habe ich eine Menge Gefühle, obwohl ich mir manchmal nicht sicher bin, ob es nicht falsche Gefühle aus den falschen Motiven sind.
Ich habe Tränen in den Augen, wie immer, wenn ich in den Spiegel sehe, um meine Überreste zu betrachten. Mein Blick verschwimmt, die Tränen rinnen über die Wangen und fallen langsam in qualvollem Rythmus, gleich den Trommelschlägen des Teufels. Pock, pock, pock... sie fallen herab, schmerzhaft langsam, auf die beiden welken, abgeschlafften Dinger, die ich

meine Brüste nenne, auf meinen müden, formlosen Busen. So langsam wie sie herabfallen, verlaufen sie, um schließlich zu trocknen. Ich fürchte mich vor meinem Spiegelbild. Die Risse in meinen wunden Lippen habe ich unter einer dicken Schicht knallroten Lippenstifts versteckt, bei ihrem Anblick packt mich das kalte Grausen.

Das grelle Rouge auf meinem Gesicht ist das scheußliche Markenzeichen meines Gewerbes. Was würde wohl meine Mutter zu Hause in Afrika sagen, wenn sie das Pech hätte, mich wiederzutreffen, und die vielen Bisse und Kratzwunden an Hals und Nacken zu Gesicht bekäme. Daran wage ich gar nicht zu denken.

Die Narben ziehen sich bis weit hinter die Ohren. Den brutalen, sadistischen Händen meiner besten, zahlungskräftigsten Kunden verdanke ich mehrere Quetschungen und tiefe Narben. Selbst hinten an der Wirbelsäule kann ich ein paar ganz abscheuliche Wunden vorweisen, unter denen ich jedoch weniger leide, da ich sie nicht so ohne weiteres sehen kann.

Einen weiteren Makel bildet der kleine Finger meiner linken Hand. Oft denke ich heute an die Zeit, als Mutter mit meinen Fingerchen spielte. Kinderspiele, mit einem unschuldigen, naiven Kindchen. »Gib mir deine Hand«, sagte sie dann immer. Ich streckte sie hin, sie nahm die Hand, gewöhnlich die linke, und legte meine fünf Fingerchen auf ihre Oberschenkel, ihre pechschwarzen Oberschenkel. Dann fing sie an zu singen: »Dieser hier schreit ›gaa gaa gaa‹, dieser fragt ›was ist los?‹, dieser sagt ›vielleicht hat er Hunger‹, der nächste ruft ›dann holen wir was zu essen‹, doch Tom, der Daumen, macht nicht mit, er will's dem Vater petzen; so schreit der Kleine weiter ›gaa gaa gaa‹.«

Noch heute schreit mein kleiner Finger, jedoch nicht mehr vor Hunger, den meine Mutter ihm andichtete. Er ist verkrüppelt. Der Knochen ist verschoben und das sieht recht merkwürdig aus. Wenn ich hinsehe, ekele ich mich vor dem Finger, jedoch nicht vor dem Geld, das er mir eingebracht hat. Eine Erinne-

rung an einen meiner besten Kunden, ein Riese von einem Mann. Jedesmal weinte er sich bitterlich über seine herrische Ehefrau aus, die er zwar liebte, die ihn jedoch so schlecht behandelte, daß er ihr nachts die Füße lecken mußte. Er jammerte wie ein kleines Kind in meinen Armen. Dann, voller Zorn und Ekel gegen die Frau, die er so gern getötet hätte, ihr auch nur ein Haar zu krümmen, ihm aber der Schneid fehlte, bildete er sich ein, ich sei sie. Ich mußte da mitspielen, und dann hat er Dinge mit mir gemacht...
Im Dschungel, der mich ausgespuckt hat, habe ich niemals zuvor gesehen, daß ein Mann einer Frau so etwas angetan hat. Aber da mußte ich durch, das gehörte zu meinem Job. Ich habe ihm aufmerksam zugehört und nach Kräften getröstet. Selbst wenn er mir wehtat, mich anspuckte, mich »verblödete Niggerin« nannte, stets habe ich mein gütiges Lächeln bewahrt, so als habe er mich soeben zur Prinzessin erklärt. Ich hatte eben meine Arbeit zu verrichten, ohne wenn und aber. Doch wie gesagt, vielleicht bin ich ein schmutziges, altes, abgetakeltes Stück, aber Gefühle habe ich doch noch. Und darum muß ich manchmal heulen. Und wenn es so weit ist, dann sitze ich hier alleine vor meinem großen ovalen Spiegel, betrachte diesen dreckigen Rest, der von mir geblieben ist, und heule.
Hier sitze ich nun, in diesem einsamen, abgelegenen Haus irgendwo bei München. Einst hat es wohl ein reicher und prominenter Deutscher gebaut für die zahlreichen, verstohlenen Treffs mit der Liebe seines Lebens, wie er selbst ein Mann. Als die Wahrheit über sein Sexualleben herauskam, hat er übrigens Selbstmord begangen. Nach dieser Tragödie stand das Haus für einige Zeit leer. Vor ein paar Jahren tauchte dann aus dem Nichts ein Fremder auf, kaufte das Gebäude mit einem Haufen Bargeld, um hier in Ruhe seinen Geschäften nachgehen zu können. Ich nenne ihn Oves. Offiziell ist er hier der Verwalter. Und er ist mein Gebieter, mein Boss, mein Zuhälter. Genau wie die anderen Frauen im Haus bin ich seine Kreatur, seine Sklavin, sein Besitz. Sein Wille geschehe! Das ist mein Schicksal.

Ich habe damals meiner Mutter geglaubt, als sie sagte: »Dein Leben ist eine Straße, Mara. Gott bringt dich zum Anfang der Straße, treibt dich voran; und nur er weiß wo die Straße aufhört. Diese Straße hat der liebe Gott für dich ausgesucht, gehe sie dankbar, denn das ist das Beste für dich.«

Damals, bevor ich begonnen habe, die Straße allein zu gehen, habe ich Mutter geglaubt. Damals, bevor ich an diesen Mann abgegeben wurde, der für mich an meine Familie zahlte: zwei weiße Kühe, vier gesunde Ziegen, vier Kleider, Perlen, Goldschmuck und zwei Flaschen »London Dry Gin«. Er nahm mich als seine Ehefrau aus Naka, meinem kleinen afrikanischen Dorf, zu sich in die Stadt.

Ich erinnere mich noch ganz genau. Ich kam vom Dorfacker mit meiner vierten Fuhre des Tages. Meine Mutter winkte mich heran und zerrte mich verschwitzt und dreckig wie ich war in ihre Hütte. Völlig außer Atem verriet sie mir die »gute Nachricht«.

»Dein Vater hat einen Mann für dich«, stieß sie hervor, »und was für einen!« Ich lächelte nur hilflos. Vor zwei Jahren hatte meine Mutter meiner älteren Schwester dieselbe gute Nachricht überbracht. Auch damals war Vater fündig geworden. Meine Schwester ist heute ein Wrack. Selbstverständlich machen nicht alle Männer Wracks aus ihren Ehefrauen. Viele Frauen in Naka waren glücklich und zufrieden mit ihrem Eheleben und ihrem Mann. Sie hätten um nichts in der Welt tauschen wollen. Und einige dieser tollen Männer in Naka waren auch noch zu haben. Vater jedoch legte bei der Auswahl der Ehemänner für seine Töchter andere Maßstäbe an. Wichtiger als der Charakter des Mannes war ihm die Anzahl der Kühe, die als Brautgeschenk hereinkam.

»Wer ist es? Wen hat Vater für mich ausgesucht?« fragte ich Mutter.

»Oh, mein liebes Kind«, flüsterte Mutter, »du weißt, dein Vater würde es sehr übel nehmen, wenn ich es dir verrate, bevor er es bekannt gibt. Das mag er bestimmt nicht. Zieh dich um, jetzt

aber los«, drängelte sie, »sicher wird er gleich nach dir rufen.« Und richtig. Nun erfuhr ich, der Auserwählte höre auf den Namen Akobi. Anfangs war ich überrascht, daß dieser Mann mich als Ehefrau gewählt hatte. Außerdem überraschte mich Vaters Schneid, seine Tochter Akobis Vater anzubieten. Doch bald erfuhr ich, daß mich Akobi wohl zu seiner Frau gewählt hatte, jedoch sein Vater an meinen herangetreten war, nicht andersherum, wie anfangs fälschlich angenommen.
Die Sache machte mich stutzig, denn Akobis Familie war im Dorf nicht irgendeine Familie. Die Leute in Naka lebten von der Landwirtschaft und so war auch Akobis Vater ein Bauer, wie fast alle Männer im Dorf. Doch anders als die anderen war er auch Bestattungsunternehmer. Die Leute fürchteten ihn als einen, der selten drohte, aber seine wenigen Drohungen ohne Mitleid wahrmachte. Einer, der einst die ganze Gegend in Atem gehalten hatte: Dem sterbenden Schreiber des Häuptlings hatte er mit einem »Bananenbegräbnis« gedroht, weil der alte Mann ihm acht Schillinge und sechs Pence schuldete. Gesagt, getan: Bei der Beerdigung hatte er die Leiche zur Schau gestellt – eingewickelt in zwei große Bananenstrauch-Blätter. Das war zwar irgendwie peinlich, doch brachte es ihm auch gehörigen Respekt ein. Und wenn eine böse Cholera-Epedemie Naka und die umliegenden Dörfer schüttelte und viele Leute hinwegraffte, stieg das Einkommen des einzigen Bestatters der Gegend sprunghaft an. Es wurde ihm auch hoch angerechnet, daß er seinem Sohn Akobi einen Besuch der römisch-katholischen Schule »Josef, Vater des Herrn Jesus« ermöglicht hatte. Damit war sein Sohn das einzige Kind in Naka, das einen Mittelschul-Abschluß vorweisen konnte. Böse Zungen behaupteten zwar, er stoße sich am Tode anderer Leute gesund, doch wen kümmerte das schon? Tatsache war, sein Sohn war ein »Studierter« und hatte seinen Abschluß in der Tasche. Sie ragten heraus aus der Masse und waren hoch angesehen. Nur eine Sache hatte Akobis Vater nicht einkalkuliert. Sein Sohn dachte nicht daran, wieder ins Dorf und auf seinen Hof zurückzukehren. Er hatte

andere Pläne. Er hatte durch die Schule vom Leben in der Stadt gekostet und jetzt war er besessen auf das Großstadtleben. Nach Naka zurückzukehren, als Bauer zu leben unter all denen, die nie auf einer Schule gewesen waren, oder auch als Bestatter wie sein Vater, kam für ihn nicht in Frage.
Sein Vater war selbstverständlich enttäuscht, denn er hatte sehr auf die Unterstützung seines Sohnes gesetzt, in den er soviel investiert hatte. Aber Akobi überzeugte ihn schließlich von der Dringlichkeit seines Vorhabens: daß er im Leben Schritt für Schritt vorankommen wollte, was auf keinen Fall möglich war, wenn er heimkehren und wieder im Dorf leben würde.
Widerstrebend erhielt er Vaters Segen und verließ Naka in Richtung Stadt.
Akobi bekam schnell zu spüren, daß die Tage und Nächte in der Stadt nichts von dem Glanz besaßen, die sie noch in seinen Tagträumen ausgestrahlt hatten. Die Wirklichkeit holte ihn schnell ein und er erkannte, daß er es mit seiner Schulausbildung höchstens zum Büroboten in einem Ministerium bringen konnte. Doch am meisten haderte er mit den Frauen, hatte er doch eine von ihnen zur Ehefrau erwählen und großspurig in Naka vorführen wollen. Eine Tipse oder Sekretärin aus dem Ministerium etwa. Eine, die sich mit bleichender Seife wäscht. Eine, die danach helltönende Hautcreme aufträgt, die mit Gel und heißem Kamm an ihren störrischen Haaren wahre Wunder vollbringt und diese lang, locker und seidig macht. Ein sehnsüchtiges Verlangen, das, so erkannte Akobi bald, mit seinem Bürobotengehalt nicht in Erfüllung gehen würde. Denn solche Frauen gaben sich nicht mit seinesgleichen ab, sondern mit Bankdirektoren, zweifelhaften Geschäftsleuten und höheren Beamten. Mit Leuten, die ihre Bedürfnisse erfüllen konnten. Ohne entsprechendes Geld in der Tasche, mußte Akobi bald erkennen, fand er so leicht nicht einmal eine Unterkunft. Hatte er doch mal eine gefunden, empfand sie Akobi, der in Naka doch so hohes Ansehen genoß, als unter seiner Würde. Schließlich tauchte er wieder in Naka auf, um seinen Vater anzupum-

pen. Doch der hatte es gerade auch nicht besonders dicke, denn die fatale Cholera-Epedemie ließ auf sich warten. Doch Akobi kam nicht allein. Er brachte eine modisch-elegante Frau aus der Stadt mit, die er als Freundin vorstellte, der er zeigen wolle, wie schön es in Naka sei. Ihr Name war Comfort, eine Datentypistin aus dem Ministerium. Tatsächlich hoffte Akobi, daß wenn Comfort erst einmal mit eigenen Augen sehen würde, welches Ansehen er im Dorf genoß, sie ihm tief beeindruckt das Ja-Wort entgegenhauchen würde, wenn er später um ihre Hand anhielte. Welch Fehlkalkulation! Und zwar eine bitterböse, denn mit Comforts Bewunderung war es prompt vorbei, als sie Naka hinter sich gelassen hatten. Schon am nächsten Tag zeigte sie ihm die häßlich-kalte Schulter. Wie versteinert sah sie durch ihn hindurch und entschwand auf dem Rücksitz eines Silber-Metallic-Pontiacs des fetten, häßlichen Chefsekretärs des Bauministers. Trotz Teiggesicht und schlaffem Schmierbauch hatte er die Hälfte der hübschen Mädchen des Amtes schon herumgekriegt, und bei solchen wie Comfort hatte er mit leeren Versprechungen eines Bungalows oder eines Morris Minors noch immer Erfolg. Akobi war der allerletzte Strohhalm aus den Händen geglitten. Das vom Vater geliehene Geld hielt er jetzt zusammen und er hielt Ausschau nach einer seinem Geldbeutel angemessenen, häuslichen Versorgung. Mehrere Wochen später tauchte er unerwartet in Naka auf, tief gekränkt, mit gebrochenem Herzen. Eine Gestalt, imponierend gewandet in grauer Nadelstreifenhose, gestärktem und gebügeltem, weißen Hemd, einer extrem schmalen, schwarzen Krawatte und tadellos polierten, schwarzen Beatles-Stiefeln. Seinem Vater verkündete er allen Ernstes sein glühendes Verlangen nach einer Frau aus dem Dorfe.

Warum sein Vater nun aus allen in Frage kommenden Frauen des Dorfes mich ausgewählt hat, vermag ich nicht zu sagen. Sicher sagen kann ich jedoch, daß diese Wahl für meinen Vater gerade zum richtigen Zeitpunkt fiel. Einer seiner Schuldner war aufgetaucht und hatte mit Nachdruck seine Rückstände gefordert. Das sollte Vater acht seiner elf Ziegen kosten. Meine Mitgift kam also gerade passend. Außerdem war er unbeschreiblich geschmeichelt, daß der erste Sohn des Dorfes mit Schulabschluß ausgerechnet seine Tochter zur Frau gewählt hatte. Das ging soweit, wie ich später erfahren habe, daß er, randvoll mit Palmwein, lauthals verkündet haben muß, er hätte mich mit Handkuss auch nur für eine einzige Ziege fortgegeben. Aber, wie schon gesagt, Akobis Vater hat ihn weit nobler abgefunden. Während Akobi vorübergehend zu seiner Arbeit in der Stadt verschwand, wurden im Dorf die traditionellen Hochzeitsvorbereitungen für ihn getroffen. Drei Wochen später machte er sich am freitagabend direkt von der Arbeit auf, kam am Samstag an und verließ das Dorf noch am selben Tag in Richtung Stadt. Mit mir als seiner Ehefrau – seinem Eigentum.

Grünschnabel

Zu sagen, ich sei entsetzt gewesen, als ich Akobis Behausung in der Stadt zu Gesicht bekam, wäre wohl geschmeichelt. Es war niederschmetternd. Unsere Hütten im Dorf waren aus Lehm und Laub, aber sie waren ein Zuhause, das brauchte man keinem Außenstehenden erklären. Akobi mußte mir das erst erklären, sonst hätte ich es nicht geglaubt. Zunächst einmal war es keine Gruppe von Hütten, wie ich es von daheim gewohnt war, mit großen Feldern rundherum, und den Gärten dazwischen. Vielmehr fand ich einen Haufen mickeriger, verrosteter Blechverschläge, die an Hühnerställe erinnerten, auf das Scheußlichste umschlungen und durchzogen von schmalen Rinnsalen. Dank fehlender Kanalisation harrte darin alles dreckige Spülwasser und Urin seiner Verdunstung. Die Abwässer sammelten sich jedoch schneller als die Verdunstung ihr Werk tat. Das restliche Abwasser stank nicht nur bestialisch, sondern nährte die widerlichsten Algenarten und immer neue Generationen großer, fetter Moskitos, die sich nachts gierig an unserem Blut mästeten und dadurch schnell so groß wie Fliegen wurden. Als wenn das nicht genug des Guten gewesen wäre, befand sich knapp 50 Meter entfernt eine große, äußerst unhygienische Bedürfnisanstalt und daneben der einzige große Müllabladeplatz der Gegend. Dieser wurde, wie ich bald merken sollte, nur etwa einmal in zwei Monaten geräumt. Dies sorgte nicht nur für einen nach Tausenden zählenden Fliegenschwarm, sondern verpestete auch die Luft der Umgegend so sehr, daß man kaum einen Morgen ohne rasende Kopfschmerzen oder Nasenbluten wach wurde.

Das Ganze war hoffnungslos und niederschmetternd, vor allem weil ich noch keinen Kontakt zu meinen Nachbarn in den anderen Verschlägen gefunden hatte.

Zwar schoß es mir einmal durch den Kopf ins Dorf zurückzukehren, doch das konnte ich mir nicht leisten. Meine Familie hätte mich sicher nicht mit offenen Armen empfangen und

Vater hätte den Teil der Mitgift, den er bereits aufgebraucht oder vergeudet hatte, nicht zurückerstatten können. Ich war auf Gedeih und Verderb den Fliegen und dem blutrünstigen Krieg ausgeliefert, den uns die Moskitos erklärt hatten. Bald sollte ich herausfinden, daß dies bei weitem nicht alles war, was mir Kopfzerbrechen bereiten würde.
Der Rost hatte hier und da kleine Löcher in die Verschläge gefressen. Sie waren zwar zu klein, als daß ein Mensch den Kopf hätte hindurchstecken können, doch mehr als groß genug für die neugierigen und gefräßigen Mäuse. Auch die Eidechsen schlüpften elegant hindurch. Du nimmst die Pfanne raus und eine Kröte lacht dich an. Du ziehst den Stuhl vor, um durchzufegen und eine knallrote Echse zischt davon. Spinnen, Wespen, Schaben überall. An einigen Stellen schloß ich die Löcher mit Lehm, Bruchstücken von Ziegeln und allem anderem, das in Frage kam. Sogar mit feuchtem Brot und Getreidebrei. Das waren die Löcher, die ich entdeckte. Alle fand ich aber bei weitem nicht.
Dann kam das erste Mal die Regenzeit und brachte den ersten Streit mit Alhaji, dem Hausbesitzer. Verschroben wie er war, hatte er allen Bewohnern strengstens untersagt, Reparaturarbeiten an ihren sogenannten Häusern selbst durchzuführen. Wer zuwiderhandelte, riskierte die Kündigung. Er war der Reparatur-Tausendsassa, der alle Arbeiten am Haus selbst durchführte und die Bewohner dafür zur Kasse bat. Für ihn war es eine lukrative Nebeneinnahme, die er keinem anderen überlassen wollte. Es war völlig offenkundig, daß er die meisten Arbeiten nur notdürftig durchführte. So wurde dieselbe Reparatur bald wieder fällig und er konnte sich erneut ans Werk machen. Deshalb besserte ich nur drinnen aus, wo mich Alhaji nicht beobachten und ertappen konnte. Auf andere Reparaturen, wie eben das Ausbessern des Daches, mußte ich warten, bis Alhalji Zeit und Lust dazu fand.
Unser Raum war gerade groß genug für Akobis Bett mit der Trockengrasmatratze, einen Sessel und einen alten Tisch mit

drei Beinen, dessen viertes, fehlendes Bein durch einen Stapel Zementbrocken ersetzt worden war. In einer Ecke stand Akobis heißgeliebte Aktentasche und mein ebenso heißgeliebter Weidenkorb, sozusagen meine Aktentasche. In der gegenüberliegenden Ecke spannte sich eine kurze Wäscheleine, Garderobe für Akobis Bürouniform: die graue Hose, das weiße Hemd und die schwarze Krawatte. Sein ganz großer Stolz, die Beatles-Stiefel, fanden darunter ihr Plätzchen.
Nach sechs Wochen fand ich endlich eine Freundin. Die Leute nannten sie Mama Kiosk, was den Nagel auf den Kopf traf. Sie besaß einen Kiosk am großen LKW-Rastplatz. Sie verkaufte Zigaretten, Süßigkeiten und Eiswasser. Ihr Haus gehörte ihr selbst, nicht Alhaji. Kein vom Rost heimgesuchter Blechverschlag, sondern massive Bauteile. Eines Tages brachte ich gerade den Müll nach draußen, als ich hinter mir eine Stimme hörte.
»Hey, hey Grünschnabel.«
Ich sah mich um. Was sollte das heißen: Grünschnabel? Ihr Lachen machte mir klar, daß es nur ein Scherz gewesen war.
»Bist du neu hier?« fragte sie.
»Jawohl!«
»Kommst wohl vom Dorfe? Frisch vom Acker? Vom Land in die Großstadt?«
»Ja, ja.«
»Der vom Ministerium, der mit der großen, platten Nase, ist das dein Mann?«
»Ja.«
Sie lachte und musterte mich von oben bis unten.
»Hast du Arbeit?«
»Nee, aber ich hoffe, daß ich bald ‘was finde.«
»Willst du Arbeit? Jetzt? Sofort?«
»Ja«, antwortete ich, »wenn es Arbeit gibt ... sofort.«
»Gehst du zum Müllplatz?« – »Ja.«
»Kannst du meinen Müll mitnehmen? Ich habe fast nie Zeit dafür, verstehst du? Meine Töchter auch nicht.«

Ich war einverstanden und nahm ihren Müll mit. Als ich zurückkam, stand sie noch immer da, wo ich sie verlassen hatte. Ich drückte ihr den Mülleimer in die Hand und wollte schon gehen.
»Halte mal«, rief sie überrascht, »du bist mir ja vielleicht ein Grünschnabel.«
Ich blieb stehen und starrte sie an.
»Arbeitet ihr auf dem Dorf einfach so gratis?« spöttelte sie. Doch ich hatte immer noch nicht kapiert, was sie wollte, und starrte weiter.
»Du bist jetzt in der Stadt!« Sie betonte jedes Wort. »In der Stadt gibt's nichts umsonst, ist das jetzt klar? Komm, jetzt!« Sie winkte mich herbei. Wortlos folgte ich ihr ins Haus. Minuten danach kam ich mit einer Papiertüte wieder heraus. Diese enthielt ein Stück Jamwurzel, zwei Cassavas, ein paar Okras, und eine Handvoll Eier. »Dafür, daß du meinen Müll weggebracht hast«, gab sie mir mit auf den Weg. Ich bedankte mich artig und zog davon.
Akobi erzählte ich davon, als er nach Hause kam. Ich hatte nicht erwartet, daß er aus Dankbarkeit vor Mama Kiosks Tür tanzen würde. Allerdings hatte ich auch nicht damit gerechnet, daß er mich höhnisch lächelnd eine dreckige, billige Dorfbettlerin schimpfen würde. Am nächsten Morgen sagte er mir glatt ins Gesicht, da ich ja für den Tag zu essen habe, könne er sich ja sein Wirtschaftsgeld sparen, was er auch in die Tat umsetzte. Danach ging ich eine Zeitlang nicht mehr zu Mama Kiosk um ihren Müll wegzuwerfen. Aber an einem Samstagnachmittag, als Akobi sich mit Freunden zu einem seiner Ausflüge traf, die er stets ohne mich zu unternehmen pflegte, rief Mama Kiosk nach mir und fragte, ob ich nicht ihren Müll für ein paar Paradiesfeigen wegbringen wollte. Ich lehnte ab, mein Mann habe etwas dagegen. Dann ließ ich sie stehen.
Kurz nach Mitternacht kam Akobi zurück, und obwohl ich es merkte, tat ich so, als schliefe ich tief und fest. Plötzlich kassierte ich einen schmerzhaften Tritt in die Rippen. Bis ins Mark

erschrocken sprang ich auf. Ich war völlig verwirrt. Was hatte ich getan? Er hatte mich zuvor nie getreten oder geschlagen, also was war los? Er hatte getrunken, doch besoffen war er nicht. Noch bevor ich meine Frage aussprechen konnte, brüllte er stinksauer: »Du geistesschwacher Faulpelz! Was denkst du dir eigentlich dabei, hier den ganzen Tag faul herumzusitzen. Und jetzt weigerst du dich auch noch, für Mama Kiosk zu arbeiteten. Ist das hier 'ne Ferienpension?«
Völlig verblüfft starrte ich ihn mit großen Augen an. »Ich weigere mich, für Mama Kiosk zu arbeiten?« fragte ich zurück.
»Halt die Klappe!« brüllte er und knallte mir eine. Ich taumelte, plumpste in einer Ecke nieder und hielt meine glühende Wange. Ich verstand die Welt nicht mehr.
»Und jetzt höre mir mal zu«, fuhr er fort, »ab jetzt wirst du den Müll von Mama Kiosk wegbringen, und sie wird dafür mit Lebensmitteln und Gemüse zahlen. Und weil du dann nicht mehr so oft auf den Markt zu gehen brauchst, kann ich auch getrost dein Haushaltsgeld kürzen, hast du mich verstanden?«
»Ja«, antwortete ich leise. Ich zitterte am ganzen Körper.
»Du schläfst heute nacht auf deiner Matte. Ich brauche die Matraze für mich allein«, fügte er schließlich hinzu. Er schwang sich in sein Bett und wenige Sekunden später begann er schon zu schnarchen. Da lag ich nun auf der Matte, darunter der harte Boden, die Mäuse und Schaben als Schlafgenossen, und machte kein Auge zu, bis das Tageslicht seine ersten Strahlen warf.
Am Montag morgen sah ich Mama Kiosk wieder und kam sofort zur Sache: »Warum erzählst du meinem Mann solche Lügen?«
»Lügen?«
Mama Kiosk staunte nicht schlecht, erstens, wie sie später erzählte, weil sie mir gar nicht zugetraut hatte, richtig sauer zu werden, und zweitens, weil sie Akobi gar nicht angelogen hatte. Ich zeigte ihr mein Gesicht, das nach Akobis gestrigem Schlag leicht geschwollen war, und erzählte die dazugehörige Ge-

schichte. Danach war sie ziemlich gebügelt. Alles, was recht ist!
»Das habe ich dem nie gesagt, daß du nicht für mich arbeiten willst«, beteuerte sie, »Samstag abend ist er mir im Lido-Club begegnet, und ich habe ihn gefragt, warum er sich daran stört, daß du für mich den Müll wegbringst. Er lachte und meinte, er würde das in Ordnung bringen. Das war's. Ich konnte ja nicht ahnen, daß er die Dinge in Ordnung bringt, indem er dich nachts tritt und prügelt, wirklich nicht!«
Mama Kiosk nahm sich die Sache sehr zu Herzen. Deshalb riet ich ihr, sich nicht länger den Kopf darüber zu zerbrechen. Ich würde weiter den Müll für sie wegbringen und ansonsten: Schwamm drüber! Damit begann eine enge Freundschaft zwischen Mama Kiosk und mir.
Viele Begebenheiten meiner Ehe erschienen mir anfangs als der natürliche Lauf der Dinge, typisch für alle Ehen, Schicksal aller Ehefrauen. Von meinen Eltern kannte ich es auch nicht viel anders. Ich lebte zwar in der Stadt, aber wo lag sonst der Unterschied? Beispielsweise empfand ich es als ganz natürlich, als erste im Morgengrauen aufzustehen und Feuer für Akobis heißes Wasser zu machen. Danach brachte ich seinen Schwammbeutel und einen Eimer heißes Wasser ins öffentliche Badehaus. Wieder zu Hause wurde er mit der Nachricht geweckt, sein Bad sei gerichtet und er könne jetzt aufstehen und ins Badehaus gehen. Während er badete, mußte ich vor der Tür warten, für den Fall, er brauche meine Hilfe, wenn Seifenschaum in seine Augen käme. Überdies war es immer ich, die jeden Morgen den leeren Eimer und die Waschutensilien zurücktrug. Ich mußte zusehen, daß ich sein Handtuch bis zum nächsten Morgen trocken kriegte. Mit großer Inbrunst haßte er feuchte Handtücher auf nasser Haut. Auch erschien es mir völlig normal, auf meiner dünnen Matte auf dem nackten Boden zu schlafen, wenn er es verlangte, während er sich ganz allein auf seiner breiten Grasmatratze räkelte. Schließlich, so hatte mir Mutter beigebracht, war eine Ehefrau einzig und

allein für Wohlbefinden und Vergnügen des Mannes zuständig. Und wenn er durch solche Befehle auch nur einen Moment lang zu seinem Vergnügen kam, war ich als Ehefrau verpflichtet, ihm zu gehorchen. Selbst die Nächte also, in denen er mich auf der dünnen Matratze über dem harten Boden schlafen ließ, in denen ich kein Auge schloß, nach denen ich am nächsten Tage völlig unausgeschlafen verfluchte Kopfschmerzen zu ertragen hatte – ja, selbst diese Tortur betrachtete ich als natürlichen Teil meines Ehelebens und ertrug sie mit Gleichmut, wie etwa die monatlichen Menstruationsbeschwerden. Ich trug noch immer das Kleid am Leibe, mit dem ich aus meinem Dorfe angereist war. Er hatte mir kein neues gekauft und mir trotzdem verboten, aus den Stoffen, die Teil meiner Aussteuer sein sollten, selbst etwas zu nähen. Auch in diesem Fall sagte ich mir: »Du sollst deinen Mann achten und ihm gehorchen«, wie es mir meine Eltern und Verwandten am Ende der Hochzeitszeremonie eingebleut hatten.

Dies und vieles andere erschien mir also völlig normal. Mama Kiosk hingegen fand es überhaupt nicht normal. »Dein Mann gehört zu denen, die auf alle herabsehen, die vom Land kommen«, sagte sie einmal. »Unsere Bräuche fordern von der Ehefrau Achtung und Gehorsam, aber im Gegenzug soll der Ehemann auch für seine Frau sorgen, gut sorgen. Dein Mann aber übergeht und vernachlässigt dich und verlangt trotzdem Respekt und völlige Unterordnung von dir. Das ist doch nicht normal!« Je näher wir einander kamen, desto mehr bemühte sie sich, mir klar zu machen, daß mein Mann mich schlecht behandelte. Aber ich war blind, oder vielleicht konnte ich es damals einfach nicht richtig verstehen.

»Dein Ministerchen hat ja ein neues Hemd – mit Stickereien«, bemerkte sie einmal.

»Hat er gestern gekauft. Hübsch, was?« antwortete ich stolz.

»Und du, was hat er für dich gekauft?« fragte Mama Kiosk forschend.

»Nichts, sollte er?«

»Sag mal,« entgegnete Mama Kiosk, »findest du es denn in Ordnung, wenn er für sich kauft und kauft und du in die Röhre guckst?«
»Er ist eben der Mann«, meinte ich.
»Er ist wohl ein Mann, aber ein übler Ehemann«, fuhr sie mich an. »Mara, Männer kaufen für sich selbst. Kein Gesetz verbietet ihnen das. Aber für ihre Ehefrauen kaufen sie auch was. Und das schreibt sogar das Gesetz vor. Du bist nie aus diesen Sachen herausgekommen, seit du hier bist, außer samstags, um sie zu waschen. Das nennst du also normal?«
Ich muß zugeben, in diesem Punkt hatte mich Mama Kiosk beinahe überzeugt. Zwar hatte ich täglich gesehen, wie Mutter meinem Vater zu Diensten war, doch ebenso, daß Vater einigermaßen für sie sorgte. Zumindest waren ihre Kleider nicht verdreckt. Mehr als ein einziges besaß sie auch. Wirklich, sie hatte genug davon. Dennoch wollte ich nicht, daß Mama Kiosk meine Ehe durch den Dreck zog. So erwiderte ich naiv doch allen Ernstes: »Mama Kiosk, wahrscheinlich sehe ich alles blauäugig, was du schwarz siehst. Trotzdem will ich meine Augen behalten und nicht gegen deine tauschen. Ich sehe die Dinge nun einmal anders und bin ganz froh darüber.«
Das nahm sich Mama Kiosk zu Herzen. Für eine ganze Zeit ließ sie jetzt ihre Predigten ausfallen. Dann und wann nannte sie mich noch Grünschnabel, aber es klang anders als zuvor, ein wenig neckisch, stets mit einem Lachen unterlegt.

Irrtümer

Drei Monate gingen ins Land. Eines Tages klopfte ich an Mama Kiosks Tür. Sie ließ mich rein und begrüßte mich heiter: »Na, was treibt meinen Grünschnabel um diese Zeit zu mir?«
»Mit mir stimmt irgendetwas nicht, Mama Kiosk«, stöhnte ich, »ich muß mit jemandem reden.«
Ihr Gesicht verfinsterte sich sofort. »Komm her«, sie wies mir unmißverständlich einen Stuhl. »Du hast 'was Wichtiges auf dem Herzen, das sehe ich dir an. Raus mit der Sprache. Mama Kiosks Ohren sind ganz auf Empfang geschaltet.«
»Seit zwei Monaten ist mein Blut nicht mehr gekommen, Mama Kiosk«, begann ich, »oft ist mir schlecht und schwindelig. Jetzt muß ich wohl sterben, was?«
Zu meinem Erstaunen begann Mama Kiosk, sich vor Lachen zu schütteln, stellte mich auf die Füße, nahm mich an ihre breite Brust und rief ganz aufgeregt: »Du Grünschnabel bist schwanger. Du kriegst ein Baby.« Sie schob mich weg, schaute mir liebevoll in die Augen und fuhr laut fort: »Dein Ministerchen wird stolz auf dich sein, Mara. Darauf verwette ich meinen Kopf. Männer wie der kommen sich ganz toll vor, wenn sie lebendige Resultate ihrer Leistungskraft zu Gesicht bekommen. Bestimmt wird er von nun an daran denken, daß auch du Gefühle hast. Der wird anerkennen, daß es dich gibt und anfangen, dich ordentlich zu behandeln.«
Jedoch konnte ich den Enthusiasmus von Mama Kiosk irgendwie nicht teilen. Daß ich ein Baby haben würde, war gut und schön. Dem Rest der Welt war damit zumindest bewiesen, daß ich fruchtbar war und meiner Familie zu Ansehen verhelfen konnte. Aber ob Akobi deshalb aufhören würde, mich zu schlagen, ob er mir deshalb ein paar neue Sachen kaufen würde, ob er mir deshalb wieder regelmäßig Haushaltsgeld geben würde, anstatt mich anderer Leute Müll wegbringen zu lassen, davon war ich gar nicht so überzeugt. All dies empfand ich wie gesagt als ganz normal – was noch lange nicht heißt, daß es mir gefiel.

Es verhielt sich eben wie mit meinen Tagen. Natürlich und völlig normal, jedoch wenig angenehm. Ich hätte mir einerseits gewünscht, es gäbe sie nicht, genau wie Akobis Mißhandlungen. Andererseits bereitete mir allein der Gedanke, auf beides verzichten zu müssen, tiefe Sorge. Akobi nicht mehr gehorchen und dienen zu müssen, hätte bedeutet, weniger verheiratet zu sein, genauso wie ich ohne meine Blutungen weniger Frau gewesen wäre. Aber weniger sein, egal in welcher Hinsicht, wollte ich auf keinen Fall.
Unsere Familien zu Hause im Dorf, so wußte ich, würden sich auch über meine Schwangerschaft freuen. Anders als Mama Kiosk war ich mir jedoch nicht so sicher, ob es Akobi gefallen würde. Als er das erste Mal mit mir schlief, als er immer schneller wurde, immer lauter schnaufte und immer stärker schwitzte, ging er zu einem bestimmten Zeitpunkt urplötzlich aus mir heraus und bespritzte mich überall mit dieser komischen milchigen Flüssigkeit seiner Männlichkeit. Zuerst befürchtete ich, er sei krank und müsse vorher aufgeben. Er wolle damit etwas vermeiden, verriet mir Akobi dann jedoch. Es lag mir auf der Zunge, Mama Kiosk zu fragen, ob es nicht gerade das Kinder kriegen war, das Akobi vermeiden wollte. Er hatte das nämlich nicht nur beim ersten Mal, sondern jedesmal, wenn er mit mir schlief, so gemacht. Doch ich schämte mich ein bißchen, mit Mama Kiosk darüber zu reden, und sagte stattdessen: »Wir werden es ja erleben.« Und wir sollten es erleben.
»Akobi«, hauchte ich am nächsten Tag nach dem Abendessen, als er, so hoffte ich jedenfalls, am ehesten ansprechbar war. »Heute war ich bei Mama Kiosk. Ich habe ihr erzählt, daß ich seit zwei Monaten keine Blutungen mehr habe. Die sagt, ich habe auf jeden Fall ein Baby im Bauch oder so.«
Bevor ich losgelegt hatte, hatte ich ihm einen Kaustab gegeben und er war gerade dabei, sich die Reste aus den Zähnen zu pulen. Jetzt hielt er wie versteinert inne. Der Zahnstocher klemmte noch immer zwischen seinen oberen Schneidezähnen. Ganz langsam zog er ihn nun heraus, schleckte über die Zähne

und murmelte scheinbar völlig abwesend: »Mama Kiosk sagt also du bist schwanger?«
»Ja, Akobi.« Ich setzte mich auf einen Stuhl, denn ich fühlte mich plötzlich schwindelig.
»Hat Mama Kiosk mit dir geschlafen?« fragte er wieder in scheinbar gleichgültigem Tonfall. Mir brach der kalte Schweiß aus. Ich fand keine Antwort. Dann sein zorniges Gebrüll: »Steh auf!« Wie ein wildgewordenes Tier! In der nächsten Sekunde stand ich wieder gehorsam auf den Füßen. Ich weiß nicht, ob ich in erster Linie erschrocken, ärgerlich oder verwirrt war. Von all dem sicher ein bißchen. Er musterte mich von unten nach oben, wie ein Stück Dreck, und das überzeugte mich, die ganze Zeit richtig gelegen zu haben. Sein Vater mochte sich zehn Enkelkinder gewünscht haben, wie er am Tag der Aussteuer-Übergabe behauptet hatte, – sein Sohn hier offensichtlich nicht. Seine Blicke ließen von mir ab. Ich blieb wie angewurzelt stehen. Als wäre ich Luft, machte er sich wieder an seinen Zähnen zu schaffen. Dabei starrte er vor sich hin, als betrachte er eine imaginäre Kristallkugel, und fragte fast nebenbei: »Wie bist du denn schwanger geworden?«
Ich dachte, nicht richtig gehört zu haben: »Wie bitte?« platzte es aus mir heraus, und bevor ich wußte, wie mir geschah... Zack! ein Hieb... zack! zack! zack! und nochmal drei. Ich taumelte in die mir inzwischen vertraute Ecke und sank zu Boden. Was hatte ich denn getan? Er erklärte es mir nicht, sondern stürmte stattdessen davon und kehrte erst tief in der Nacht betrunken zurück. Ich lag auf dem Boden, darunter die dünne Matte. Auf die Matratze traute ich mich nicht. Er stolperte herein und kippte sofort ins Bett. Zwei Tage lang sprach er kein Wort mit mir. Mama Kiosk war platt, als ich ihr alles erzählte. Seit wann wird ein afrikanischer Mann böse, weil seine Frau schwanger ist? Beim ersten Kind doch wohl schon gar nicht.
»Mara«, redete sie mir zu, »dein Ministerchen ist nicht nur ein schlechter Mann und ein lausiger Ehegatte, bei dem stimmt es

auch im Kopf nicht. Bleibt nur zu hoffen, daß er dich damit nicht fertig macht, bevor du die Dinge so... wie sagtest du noch?... ach ja, schwarz siehst wie ich.«
Am dritten Tag sprach er wieder mit mir. »Du mußt anfangen, richtig mitzuverdienen, habe ich beschlossen. Sonst bringen wir es nie zu was«, begann er, »jetzt bist du lange genug hier und kannst dir Arbeit suchen. Ich kann nicht alle mitdurchziehen, wenn dein Kind erstmal da ist (das »dein« hatte ich wohl verstanden) und schließlich habe ich Wichtigeres vor.«
»Ja, sicher, Akobi«, stimmte ich zu.
Also machte ich mich auf die Suche nach zusätzlicher Arbeit. Zusätzlich zur Hausarbeit, zusätzlich zum Müllabladen für Mama Kiosk, zusätzlich zur Rundumversorgung Akobis. Letzteres bedeutete weiterhin, als erste aufzustehen, für Feuer und heißes Wasser zu sorgen, während seines Bades parat zu stehen und natürlich – trotz meines Zustandes – täglich den Wassereimer zum Badehaus zu schleppen. Fragen zu stellen oder Wünsche zu äußern, wagte ich nicht. Nein, so dreist war ich nicht. Ich wandte mich an Mama Kiosk. Sie schlug mir vor, von nun an gekochte Eier auf jenem LKW-Rastplatz, an dem sie ihren Kiosk hatte, zu verscherbeln. Eier seien ein sehr beliebter Imbiß bei den Reisenden. Weil sich gerade nichts Besseres bot, machte ich Akobi mit dieser Idee vertraut. Er meinte, einen Versuch sei es Wert, und lieferte das Startkapital für den ersten Satz Eier und den geeigneten Behälter, den das Gesetz für den Verkauf gekochter Lebensmittel vorschreibt, jedoch nicht ohne mich vorher darauf hinzuweisen, daß er eine sofortige Rückzahlung dieser Summe erwarte, sobald ich die ersten Gewinne mache. Dies ließ er mich beim Gott der Flüsse schwören, der mich versenken würde, falls ich meinen Schwur bräche. Akobi wußte um meine Abergläubigkeit. Zwei Tage darauf machte ich mich erstmals mit Mama Kiosk zu meinem Arbeitsplatz auf.
Ich hätte mich nie für eine so flinke Geschäftsfrau gehalten. Auch hatte ich mir das Ganze nicht so aufregend vorgestellt. Die LKW-Station war ein buntes Plätzchen. All die Leute mit

kunterbunten Kleidern und Kopftüchern. Die Verkaufsstände. Der von Mama Kiosk war blau. Andere waren gelb, wieder andere orange. Und dann die Lastwagen und die Handkarren; ihre Farben und ihre Aufschriften an den Seiten: »Leg' dich nicht hin, mein Sohn, bevor Mama dich flachlegt« oder »Das Leben ist, was du 'draus machst«. Von dem Wagen, der üblicherweise an meinem Stammplatz parkte, prankte: »Wenn du 'was zeigst, wird Gott dich weisen« und an einem anderen weiter hinten: »Was ist er? Eine Sie!«
Bald erfuhr ich, daß der Besitzer dieses Karrens einen impotenten Erzrivalen damit provozieren wollte. Der langen Worte kurzer Sinn: Mir begann mein Geschäftsleben sehr viel Spaß zu machen, und jeden Tag dankte ich insgeheim Akobi, daß er mich überhaupt hatte eine Arbeit beginnen lassen. Meine Eier gingen so gut weg, daß ich schon in der zweiten Woche doppelt soviel Eier mitnahm. Mehr Eier mitzunehmen, bedeutete, länger auf dem Rastplatz bleiben zu müssen. Das wiederum bedeutete, daß ich mit Akobis Abendessen immer später dran war. Akobi haßte es inbrünstig, heimzukommen und festzustellen, ein paar Minuten länger als üblich auf sein Abendessen warten zu müssen. Anfangs tat er sein Mißfallen durch Nörgeln und Knurren kund. Als das nichts fruchtete, schritt er zur Tat. Er war es gewohnt, daß ich ihm eine Wasserschüssel und Seife zum Händewaschen vor und nach der Mahlzeit brachte. Geschah dies nicht pünktlich, erntete ich einen bösen Tritt in die Kniekehle. Wenn ich seinen Kaustab vergessen hatte, der stets ordentlich neben seiner Schüssel liegen mußte, gab es eine ins Gesicht. War die Serviette nicht griffbereit, wenn er danach schrie, setzte es einen knochenharten Stoß vor die Stirn. Eines Nachmittags regnete es. Es fing an, als ich gerade auf dem halben Weg vom Rastplatz nach Hause war. Als ich ankam, war sein Handtuch, das ich draußen hatte hängen lassen, völlig durchnäßt. Es wurde auch bis zum Morgen nicht mehr trocken, denn der Regen hielt auch während der Nacht an. Das war zuvor nie passiert. Bevor ich anfing zu arbeiten, war ich stets

zu Hause und konnte das Handtuch abnehmen, wenn der Regen aufzog. Er besaß nur das einzige Handtuch und, wie bereits gesagt, nasse Handtücher waren ihm ein Greuel.
Also stand ich ihm wie immer bei seiner morgendlichen Wäsche beiseite und hatte das Handtuch einfach für ihn in den Waschraum gehängt, denn ich hatte Angst, ihn vorher zu informieren, daß es naß war.
Daß er etwas im Schilde führte, erkannte ich sofort, als er frischgewaschen herauskam. Denn den Eimer mit Zahnbürste und Handtuch drin trug er diesmal selbst. Schließlich ließ er sonst die Dinge immer liegen. Ich durfte sie einsammeln und zurücktragen. Ich blieb also, wo ich war, und harrte meines unentrinnbaren Schicksals. Meines sicheren Verderbens. Direkt vor meiner Nase blieb er abrupt stehen, in der linken Hand den Eimer. Wenn Blicke töten könnten! Für einen Moment dachte ich, er wolle mich dazu bringen, im Erdboden zu versinken, vielleicht die Erde unter mir aufzureißen und mich für alle Zeiten darin zu vergraben. Doch Akobi orientierte sich am Machbaren. Als ich am wenigsten damit rechnete, schnappte er mein linkes Ohr und hielt es zwischen Daumen und Zeigefinger fest. In dieser Stellung, meinen Körper halb zu ihm gebeugt, mein Ohr wie Feuer brennend, bewegte er sich langsam und beständig, als würde er eine Parade abnehmen, mit mir zurück in unser Zimmer. Mein linkes Ohr war völlig taub, als er endlich abließ. Er sagte kein Wort mehr. Er rührte mich auch nicht mehr an. Es war auch gar nicht nötig. Ich nahm wieder weniger Eier mit zum Rastplatz. So war ich rechtzeitig zu Hause und konnte wieder seine Wünsche umfassend erfüllen.
Stets rechnete ich nach, ob ich Akobis Startkapital zurückzahlen konnte und ob noch etwas übrig blieb, nachdem ich auch die Kosten für mein nächstes Quantum Eier abgezogen hatte. Dieser Punkt war nach elf Wochen erreicht. Seit der Sache mit dem Ohr hatte mich Akobi nicht mehr angerührt. Deshalb war natürlich noch lange nicht eitel Sonnenschein. Es kam also der Tag, an dem ich mich glücklich schätzen konnte, sein Startka-

pital wieder zusammen zu haben. Ich rollte die Banknoten zusammen und bündelte sie fein säuberlich mit einer Schnur. Voller Stolz erwartete ich seine Rückkehr, den Moment der Übergabe. An diesem Tag brachte er einen Freund mit heim, einen anderen Büroboten aus dem Ministerium. Er war wohl ziemlich der einzige Arbeitskollege, der wußte, wo Akobi hauste. Dieser Mann, Yopi genannt, lebte, warum auch immer, in einer genauso schäbigen Gegend und hatte deshalb keinen Grund, sich über Akobi lustig zu machen. Trotzdem hatte Akobi mir befohlen, mich dünn zu machen, wenn er Yopi nach Hause mitbrachte. Obwohl Yopi also wußte, daß ich Akobis Frau war, kannte er mich nur aus der Ferne. Doch was sollte es? Tatsache ist, Akobi war stets bestens gelaunt, wenn er Yopi mitbrachte. Er war sogar nett und anständig zu mir, wenn Yopi bereits gegangen war. So meinte ich, gerade jetzt, nachdem der Kollege fort war, sein Glücksgefühl vervollkommnen zu können, indem ich ihm mit seinem ordentlich gebündelten Vermögen überraschen würde. Ich muß sogar gestehen, daß ich tief in mir die heimliche Hoffnung hegte, von diesem Tag an würde sich unsere Ehe zum Guten wenden. Er saß also an diesem Abend wie so oft vor unserer Tür, scheinbar in Gedanken versunken, als ich mich ihm mit dem Geld näherte. Er griff nicht sofort nach den Scheinen. Er lächelte nur, erhob sich wortlos und ging mit mir in unseren Raum und schloß sorgsam die Tür. Auch ich lächelte in meinem Herzen. Wenn Akobi die Tür unseres Raumes hinter uns beiden schloß, schlug er mich anschließend oder er schlief mit mir. Ich war felsenfest davon überzeugt, daß heute letzteres geschehen würde, zumal er mich, seit er um meine Schwangerschaft wußte, nicht mehr angefaßt hatte.
Die Luft war stickig. Wir waren jetzt allein im Zimmer. Er wandte sich um und betrachte mich ausgiebig mit zynischem Gesichtsausdruck; ein erster Anflug des Zweifels überkam mich. Dann riß er mir das Geld aus der Hand, und zählte es, der Himmel weiß wie oft. Dann setzte es einen harten, entsetzlichen Hieb in mein Gesicht. Ich fiel aus allen Wolken. Ich war

verstört und verängstigt. Es war gewiß nicht das erste Mal, daß Akobi mich schlug. Es würde, soviel war mir klar, auch nicht das letzte Mal sein. Doch in der Vergangenheit hatte ich jedesmal damit gerechnet oder zumindest hatte ich anstelle dessen keine Liebe erwartet. Aber an diesem Abend hatte ich nicht mit Prügel, sondern mit Liebe gerechnet. Dieser Schlag versetzte mir einen Schock der Enttäuschung und tat mehr weh als alle anderen zuvor. Ich war platt! Was hatte ich denn falsch gemacht? Hatte ich überhaupt etwas falsch gemacht? Ich sah ihn hilflos und verdutzt an. Würde ich jemals lernen, was Akobi wütend machte und was nicht? Ich kannte ihn noch immer nicht. Ich blickte auf meinen Bauch. Inzwischen trat er deutlich hervor. Ich legte meine Hände auf den Bauch, als müßte ich fürchten, das Baby könnte jeden Moment totgeboren meinem Schoß entgleiten. Zum ersten Mal hatte er mir nicht nur physischen, sondern auch seelischen Schmerz zugefügt. Meine Hände lagen auf dem Bauch und ich spürte, wie mein Baby sich bewegte. In den letzten Tagen hatte ich seine Bewegungen schon mehrfach gespürt, doch zum ersten Mal fühlte ich es jetzt mit den Händen auf dem Bauch, in dem es heranwuchs. Wie gerne hätte ich diesen Moment mit Akobi geteilt! Aber Akobi blieb ein unnahbarer Fremder. Bei ihm blickte niemand durch – am wenigsten ich. Doch in diesem Moment wünschte ich mir so sehnlich, er hätte irgendwie fühlen können, was ich fühlte. Wenn er das Zucken in meinem Bauch gespürt hätte, vielleicht wäre dann seine menschliche Seite zum Vorschein gekommen. Immer vorausgesetzt, er hatte eine menschliche Seite, wonach es gerade nicht aussah.
»Ohne Zinsen? Was soll das denn?« brüllte er endlich lauthals. Zinsen? Ich wußte gar nicht, was das sein sollte, und fragte deshalb demütig: »Wie? Was, bitte?« Schon ballte er seine Faust, um mir wieder einen Stoß gegen die Stirn zu versetzen. Ich weiß selbst nicht, was mich dazu brachte, jedenfalls hatte ich plötzlich genug von dieser Vorstellung. Ohne zu Überlegen, lief ich schreiend raus, sozusagen immer dem dicken Bauch

nach, geradewegs zu Mama Kiosk. Mama Kiosk holte mich rein, gab mir kühles Trinkwasser und plazierte mich auf ihr altes Sofa. Hier für mich alleine verstand ich einfach die Welt nicht mehr. Die Leute waren aus den Häusern gekommen und standen draußen herum. Sie zerrissen sich sicher die Mäuler, aber das war mir egal. Eigentlich war es mir sogar sehr recht, denn meine Schreie hatten sie herbeigelockt und sehr bald sollten alle wissen, daß Akobi mich mißhandelte. Wie Akobi darüber dachte, konnte ich mir auch denken. Wenn er gewußt hätte, wie ich reagieren würde, hätte er sich tunlichst zurückgehalten. Er wollte als zivilisierte Person, als Gentleman, was immer das bedeuten sollte, dastehen. Ihre Frauen zu schlagen und zu mißhandeln, sagen die Städter jedoch gerade den Buschmännern nach. Jetzt hatte erfreulicherweise er ein Problem.

Er kam mir nicht nach, aber ich blieb auch nicht lange bei Mama Kiosk, deren Gastfreundschaft ich nicht mißbrauchen wollte. Also kehrte ich nach einer Stunde zurück. Ich machte ihm klar, ich würde das Haus verlassen, sollte er sich erneut an mir vergreifen. Nicht zu Mama Kiosk würde ich fliehen, sondern zum erstbesten Ort, und sei es auf die Spitze des Müllberges. Doch so weit kam es nicht. Ich fand ihn auf seiner Matratze liegend, nachdenklich an die Decke starrend. Er wirkte gefaßt, und durch einen Klaps forderte er mich unmißverständlich auf, mich neben ihn zu legen. Ich scheute eine weitere Auseinandersetzung und gehorchte wohl in erster Linie deshalb. Schweigend zog er mir die Kleider aus, zog sich die Hose runter, drehte meinen Rücken zu ihm hin und schlief mit mir. Dann befahl er mir, das Bett zu verlassen und meine Matte auszurollen, denn er wollte das Bett für sich allein.

Feindbilder

Zwischen Mama Kiosk und mir herrschte inzwischen eine Mutter-Tochter-Beziehung. Ich hatte volles Vertrauen und keine Geheimnisse vor ihr. Zudem war sie es, mit der ich die meiste Zeit des Tages verbrachte. Mit ihr zusammen ging ich morgens zum Rastplatz, mit ihr kehrte ich abends heim. Noch näher schweißte uns vielleicht die Tatsache zusammen, daß sich Akobi, obwohl ich inzwischen hochschwanger war, beständig weigerte, meine Familie davon in Kenntnis zu setzen. Obwohl er es nie zugab, wußte ich genau weshalb. Er fürchtete, meine Mutter könnte sich entschließen, uns nach der Entbindung zu besuchen und dabei unser erbärmliches Leben hier miterleben. Das würde sich jedoch mit dem hohen Ansehen, das er im Dorf genoß, kaum vereinbaren lassen. Meine verlorene Seele sehnte sich also nach einer Mutter... und sie fand stattdessen Mama Kiosk. Diese übernahm ihre Rolle von ganzem Herzen, sie wußte immer, was ich zu tun und zu lassen hatte. Sie hielt nach Kräutern Ausschau, die ich kauen und deren Dämpfe ich inhalieren mußte, gab mir Tips für die tägliche Hygiene und erstellte eine Liste mit Dingen, die ich schon einmal zu besorgen hatte. Eine wahre Freundin und die perfekte Ersatz-Mutter! Von ihr hielt ich sehr viel. Nicht so Akobi. Er hatte im großen und ganzen aufgehört, mich zu schlagen, von ein paar Kopfnüssen abgesehen. Doch meine zunehmende emotionelle Abhängigkeit von Mama Kiosk war ihm gar nicht recht. Voller Mißtrauen hatte er gemerkt, daß ich beim Waschen oder beim Kochen wieder zu singen begonnen hatte. Ich war den anderen Bewohnern näher gekommen, war gesprächiger geworden, denn es gab gemeinsame Themen: Geschäfte, die Kunden, Schwangerschaft, Babys... Auch das war Akobi nicht recht. Für unsere täglichen Mahlzeiten war ich auf sein Geld nicht angewiesen. Ich hatte mir ein Paar Sandalen aus Autoreifen gekauft. Mama Kiosk hatte mir eine Garnitur alter Kleider überlassen, die ich jetzt im wöchentlichen Wechsel mit den alten Sachen trug.

Zweimal in der Woche brachte ich weiterhin den Müll für andere Leute weg. Das tat ich nicht umsonst, denn in der Stadt gab es eben nichts gratis, wie Mama Kiosk immer zu sagen pflegte. Ich wartete nicht vornehm, bis die Leute mit Lebensmitteln herausrückten, die sie gerade vorrätig hatten oder loswerden wollten, sondern forderte immer genau das, was mir zur kompletten Mahlzeit noch fehlte. So ersparte ich mir weitere Einkäufe. Jamwurzeln von hier, Paradiesfeigen von dort, Eier und Pfeffer von wieder woanders, schließlich noch Tomaten und Räucherfisch: Der komplette Bedarf für einen Tag, und für den nächsten Morgen blieb noch etwas übrig. Mein so wachsendes Selbstbewußtsein ging Akobi gegen den Strich. Er fragte nach den Gründen und suchte jemanden, dem er der Einfachheit halber die Schuld in die Schuhe schieben konnte. Dabei kam er, das überraschte wenig, auf Mama Kiosk.
Eines Nachmittags rief er mich in den Raum. »Ich wünsche, daß du ab jetzt nicht mehr morgens zusammen mit Mama Kiosk zum Rastplatz gehst«, verfügte er einfach. »Weshalb?« protestierte ich zaghaft.
»Weil ich es so will«, antwortete er kühl und herausfordernd, »wer hat dir beigebracht, meine Anordnungen zu hinterfragen?«
Weil ich auf keinen Fall Ärger wollte, gab ich nach: »Einverstanden!« In der Nacht schlich ich mich davon und informierte Mama Kiosk.
Mama Kiosk hätte Akobi sicherlich gern in dieser Sache die Meinung gesagt. Ich wußte auch, daß sie dies schon in der Vergangenheit dann und wann mit Freuden gern getan hätte. Sie hütete sich jedoch, jemals wieder ihre Nase in unsere Angelegenheiten zu stecken, nachdem ihr erstes Aufeinandertreffen mit Akobi, damals, kurz nach meiner Ankunft, mit meiner ersten Tracht Prügel geendet hatte. So blieb ihr nur, mir alles Gute zu wünschen. Sie empfahl, mir nicht so viele Gedanken zu machen. »An der Raststätte sehen wir uns ja jeden Tag. Dagegen kann er nichts tun.« fügte sie hinzu.

Der nächste Morgen war angebrochen. Das erste Mal gingen Mama Kiosk und ich getrennt zur Bushaltestelle, von der aus wir jeden Tag mit einem der Überland-Transporter zum großen Rastplatz fuhren. Akobi hatte es so gewollt. Letztlich saßen wir dann doch wieder im selben Wagen, da wir nur wenige Sekunden voneinander getrennt an der Haltestelle ankamen. Kurzum: Es war also genau wie früher, als ob wir zusammen losgingen. Akobi fand das heraus. Er mußte einsehen, daß sein Verbot, zusammen mit Mama Kiosk loszugehen, nicht verhindern konnte, daß wir beide im selben Wagen zur Arbeit fuhren. Also ging er am Abend einen Schritt weiter und gab eine neue Order aus.

Ich ging jeden Morgen vor Akobi los. Damit sollte es jetzt aus sein. Von nun an hatte ich zu warten und mit ihm zusammen loszugehen. So wollte er sicherstellen, daß ich den Wagen mit dem Mama Kiosk fuhr, verpaßte. »Jawohl, Akobi!« Ich nickte gehorsam. Am nächsten Morgen verließ ich also mit ihm das Haus. Der fesche Akobi, in grauer Nadelstreifenhose, schneeweißem Hemd, schmaler, schwarzer Krawatte und spitzen Beatles-Stiefeln. Ich daneben, in alter verschlissener Kleidung, in den sehr unfeinen, dick besohlten Sandalen aus Autoreifen und mit dem Behälter mit gekochten Eiern auf dem Kopf.

Ich bezweifle, daß sich Akobi während der ganzen Zeit, in der wir zusammenlebten, einmal dazu herabgelassen hatte, mich vom Scheitel bis zur Sohle anzuschauen: meine abgetakelten Klamotten, die den Bauch einer Schwangeren verborgen hielten. Doch an diesem Morgen tat er es. Und was er da sah, mißfiel ihm sehr – jedenfalls nach seinem Gesicht zu urteilen, als wir zusammen an der Haltestelle auf meinen LKW und auf seinen Bus für öffentliche Angestellte warteten. Als hätte er nicht genug Kummer, kam sein Bus zuerst an, besetzt mit den »Damen und Herren« Kollegen, die jetzt alle mitkriegten, daß er mich kannte. Ich weiß nicht, was im Bus oder am Arbeitsplatz geschah. Aber irgendetwas mußte passiert sein, denn schon vom nächsten Tag an änderte sich sein Verhalten an der

Haltestelle. Er wollte nach wie vor vermeiden, daß ich Mama Kiosk traf. Also begleitete er mich weiterhin, stellte sich aber an der Haltestelle nicht mehr neben mich. Er hielt immer einen beträchtlichen Abstand. Die Ankunft des Busses rückte näher. Immer wieder reckte er den Hals, um ihn schon von weitem kommen zu sehen. Als er den Bus schließlich entdeckte, rückte er schleunigst noch ein Stück weiter von mir ab, als sei ich eine Stinkbombe, die jeden Moment loszugehen drohte. Als der Bus ankam, hatte er am ersten Tag noch knapp »Ade« gemurmelt. Ab jetzt stieg er ein, ohne mich eines Blickes zu würdigen. Doch so naiv war ich nun auch nicht mehr. Mir war wohl klar, daß er verzweifelt den Eindruck erzeugen wollte, mich nicht zu kennen. Und schon gar nicht sollten die Leute im Bus erfahren, daß ich seine Frau war. Diese Männer in Nadelstreifenhosen, weißen Hemden, dünnen Krawatten und Beatles-Stiefeln. Die dazu passenden Frauen, ihre geschminkten Gesichter, ihre knallroten Lippen, ihre getönten Modefrisuren. Das war seine Welt! Ich mit meinen alten Lumpen, den zotteligen Haaren und den Tretern aus Autoreifen fand darin keinen Platz. In Gegenwart seiner Arbeitskollegen, war ich ihm ein Dorn im Auge. Ein paar Tage später ereignete sich etwas, dem ich anfangs wenig Bedeutung zumaß. Mir begann Mama Kiosk zu fehlen, ja, ich vermißte sie sogar sehr. Sicher, wir sahen einander weiterhin auf dem Rastplatz. Aber sie ging ihren Geschäften nach, und ich bewegte mich von Lastwagen zu Lastwagen. So fanden wir wenig Zeit, miteinander zu reden, wie wir es sonst morgens auf dem Weg zur Bushaltestelle oder auf dem LKW zum Rastplatz getan hatten. Seitdem ich weniger Eier mitnahm, um Akobi rechtzeitig sein Abendessen zu richten, kehrten wir ebenfalls oft zu verschiedenen Zeiten in verschiedenen Wagen heim. Von innerer Einsamkeit getrieben, nahm ich also allen Mut, den Gott mir gegeben hatte, zusammen und fragte Akobi, warum er weiterhin verlange, daß ich morgens mit ihm gehe, wenn er sich an der Haltestelle ja doch nur mit mir geniere. Doch siehe da, er war völlig überrascht, daß ich überhaupt danach fragte, und mehr noch, daß ich sein Verhalten offensichtlich nicht als das Natürlichste der Welt betrachtete. »Wenn die rausfinden, daß wir uns kennen, lachen die mich aus, ist dir das nicht klar?« So muß es denn wohl sein, dachte ich, obwohl er mich keineswegs überzeugt hatte. Ich hätte mich wohl mit der Rolle als versteckte Ehefrau abgefunden, wie mit vielem anderen, des lieben Ehefriedens wegen, den zu erhalten ich als meine Pflicht und Verantwortung ansah. Doch das Schicksal wollte es nicht so – es hatte andere Pläne.

Mir war zu Ohren gekommen, daß mich die anderen fliegenden Händler »die Klapperkiste« nannten. Das war auch der Spitzname für die großen Personen-Transporter. Den Mitreisenden klapperte jeder Knochen im Leibe beim Auf und Ab durch die für die Straßen unseres Landes so typischen Schlaglöcher. Ich verdankte diesen Spitznamen meinen Tretern, die aus den ausgemusterten Reifen dieser Gefährte bestanden.

Damals war ich hochschwanger und deshalb sehr intolerant. So packte mich also der heilige Zorn. Ich legte mich mit Esiama an, der ungekrönten Klatschkönigin des Rastplatzes. Das breitbusige Liebchen des Anführers der Lastwagen-Fahrer, so sagte man mir, hatte gegiftet: »Oh je! Gott bewahre! Lieber würde ich barfuß gehen, als in solchen Tretern rumzulatschen.«

Eigentlich weiß ich gar nicht, woher ich die Kraft zum Prügeln nahm. Schließlich war ich ja hochschwanger. Esiama allerdings war zwar breit gebaut, aber mehr auch nicht. Keinen Mumm in den Knochen! Außerdem kämpfte ich eigentlich nicht gegen Esiama an sich. Mein Feindbild bestand wohl zu einem Teil aus Esiama, zu einem Teil aus Akobi und zu einem Teil aus meinem Vater. Es war der bodenlose Abscheu gegen diese drei, der mich so mutig und angriffslustig machte, es mit dieser Esiama aufzunehmen, mit einer Kraft, die ich mir niemals zugetraut hatte. Ich war so gut in Form, daß ich die arme Frau wohl um zwei Vorderzähne erleichtert haben muß, bevor ich mich abwandte. »Meine Zähne, meine Zähne«, soll sie jedenfalls geschrien haben, mit den Händen verzweifelt im heißen Sand wühlend, als könne sie, hätte sie die Zähne wiedergefunden, diese einfach wieder an ihre angestammte Stelle ins Zahnfleisch stecken, wie Kontaktlinsen in die Augen. Ich erntete allgemeinen Beifall, den hatte ich auch verdient. Alle fanden mich riesig. Völlig zu Recht! Doch der Fluch der bösen Tat lag schon über mir, allzeit bereit, mich im richtigen Moment zu strafen. Und schon am nächsten Tag sollte es soweit sein.

Esiamas Liebhaber, der Anführer der Fahrer, verbot seinen Leuten, irgendwelche Leute mitzunehmen, die bei mir Eier kauften. Nun gab es stets mehr Reisewillige als Fahrzeuge. Also beugten sich die Fahrgäste dieser Drohung, denn niemand wollte meiner gekochten Eier wegen eine wichtige Reise sausen lassen. Am ersten Tag ahnte ich von nichts und blieb auf all meinen Eiern sitzen. Nur später auf dem Abendmarkt konnte ich sie losschlagen, zu reduziertem Preis und unter entsprechendem Verlust. Zwei Tage ging das so weiter, dann erzählte ich Akobi, daß ich auf dem Rastplatz keine Eier mehr verkaufen könne. Einen Moment lang dachte ich, er würde jetzt sterben, denn er wurde plötzlich so aschfahl im Gesicht. Auch schien er keine Luft mehr zu kriegen. Doch bald wurde mir klar: Es handelte sich weder um eine Herzattacke noch um einen Hirnschlag. Es war die Wut: die blanke, höllische Wut. Er weinte, knurrte und krakeelte. Das dürfe ich ihm nicht sagen, beschwor er mich. Seine Augen waren ganz rot.

Ich würde mich gewaltig irren, sollte ich glauben, er werde mir ab jetzt wieder Haushaltsgeld geben. Damit habe er Wichtigeres vor, und dabei bleibe es. Daß ich keine Eier mehr verkaufen könne, wolle er nicht mehr hören, es sein denn, ich wollte am nächsten Tag tot aufwachen. Wie jemand tot aufwachen kann, war mir natürlich völlig unklar, doch die Wut, von der er offensichtlich besessen war, hätte mich dazu gebracht, an schlicht alles zu glauben. In meiner Verzweiflung versprach ich also, bald eine andere Arbeit zu finden. Aber auch das beruhigte ihn nicht. Er kochte noch immer, und langsam fürchtete ich... ja, ich fürchtete, auf irgendeine geheimnisvolle Weise am näch-

sten Tag doch tot aufzuwachen. Also faßte ich einen Entschluß. Mama Kiosk hatte mir diese Pflanze gegeben, von der ich nur ein Blatt kaute und dann selig hinwegschlummerte. Als Akobi am nächsten Tag von der Arbeit nach Hause kam, hatte ich ihm leckeren Spinat und eine Krebssuppe gekocht, mit Schnecken, Räucherfisch und Schweineklauen. Sein Lächeln, als ich das Essen auf den Tisch stellte, werde ich so leicht nicht vergessen. Voller Vergnügen machte er sich darüber her. Es verging keine Stunde und er schlief tief und fest.
Ich packte, soviel ich konnte, in den Bastkorb und verließ den Raum in Richtung Bushaltestelle. Bald darauf brachte mich der Bus zum Rastplatz. Eineinhalb Stunden später setzte sich eine »Klapperkiste« in Richtung Naka in Bewegung.
Am nächsten Tag erreichte ich Naka und wurde dort – wie erwartet – kühl empfangen. Mein Vater wollte mich nicht einmal sehen. Er hatte noch eine Frau genommen, ein junge heißblütige Witwe, die ihm völlig den Kopf verdreht hatte. Mutter weinte sich deshalb bei mir aus. Sie war felsenfest davon überzeugt, diese junge Rivalin würde durch JuJu-Zauber Vater dazu bringen, seine anderen Frauen zu vergessen und zu vernachlässigen. Sie hatte sich so sehr in die Sache verrannt, daß sie sogar den Medizinmann um einen Gegenzauber gebeten hatte. Also trug sie jetzt ein schwere Kette aus Kaurischalen und trockenen Knochen um die Taille. Meine Schwestern verstanden vor allem nicht, weshalb ich mich überhaupt mit Esiama angelegt hatte. Sie hatte sich über meine Sandalen mokiert, na und? Was ich denn erwarten würde? Im Dorf sei ich barfuß herumgelaufen und deshalb seien so plumpe Treter aus Autoreifen ein Luxus und bestimmt kein Grund, sich deshalb zu prügeln. Auch nicht, wenn ich deshalb ausgelacht würde. So standen also die Dinge, und ich verzichtete darauf, den Wunsch nach Auflösung meiner Ehe zu äußern. Das hatte ich eigentlich vorgehabt, denn mir war eingefallen, daß die Ziegen und Kühe meiner Aussteuer, vielleicht inzwischen weiteren Ziegen und Kühen das Leben geschenkt hatten, so daß Vater die Originale wohl erübrigen

konnte, ohne Verlust zu erleiden. Was die Flaschen Dry Gin anging, so war ich in der Lage, diese zu ersetzen. Kleider und Schmuck hatte ich dabei, sie waren unberührt. Doch die Ziegen und Kühe hatte Vater gebraucht, um noch einmal zu heiraten. Er wollte bestimmt von einer Scheidung nichts hören. Derart zurechtgestutzt erzählte ich dann, eigentlich sei ich ins Dorf gekommen, um mein Kind zur Welt zu bringen. Diese Nachricht schickte ich auch in die Stadt zu Akobi.

Reisepläne

Mein Sohn Kofo suchte sich seinen Weg, hinaus aus meinem Bauch, in die Welt. Das war an einem Freitagmorgen, sieben Wochen nach meiner Ankunft in Naka. Ein strammer Knabe mit großen Augen, mein ganzer Stolz. Nach sieben Tagen wurde er dem Dorf gezeigt. Erstmals, seitdem ich die Stadt verlassen hatte, kam Akobi ins Dorf. Zur Präsentation seines ersten Sohnes hatte er anwesend zu sein.

Schon am nächsten Tag, so sagte er, müsse er zurück in die Stadt. Dort warte die Arbeit auf ihn. Zu meinem Erstaunen bestand er darauf, den hochkarätigen Goldschmuck mitzunehmen, den mir sein Vater als Dank für die Geburt seines ersten Enkels geschenkt hatte. Auch den Schmuck und die Kleider der Aussteuer, die ich aus der Stadt hergebracht hatte, nahm er an sich. »In sicheren Gewahrsam«, meinte er lakonisch, als ich ihn danach fragte.

Warum sollte ich ihm nicht glauben? Aber als er ein paar Stunden fort war, begannen mich Zweifel zu plagen. Es gab nämlich Gerüchte, Akobi sei nicht wegen seiner Arbeit so schnell verschwunden. Vielmehr habe er Krach mit seinem Vater gehabt, der sich partout weigerte, einen Teil seines Weidelandes zu verkaufen, um damit eine ganz heiße Sache, an der Akobi gerade dran war, zu finanzieren. Ein Vorhaben, das – garantiert – einen Haufen Geld abwerfen würde.

Aber hoppla, dachte ich, er hat das Geld von seinem Vater nicht gekriegt, also hat er sich meine Kleider und den Goldschmuck unter den Nagel gerissen. Außerdem besaß er noch eine Stange Geld, die er sich damals von seinem Vater geliehen hatte. Einen Großteil seines Gehaltes konnte er auch zurücklegen, denn abgesehen von der Miete kam er für nichts auf. Für die Mahlzeiten hatte ich ja zu sorgen. Mehr als einmal hatte er erwähnt, daß er sein Geld für wichtige Vorhaben spare.

Blieb die Frage: Was hatte er Wichtiges vor?

Ich blieb im Dorf, half auf den Feldern und verkaufte am

Wochenende Palmwein. Bereits zehn Monate hatte ich nichts mehr von Akobi gehört. Akobis Vater zeigte sich großzügig und sorgte für seinen Enkel. Als Kofo fast ein Jahr alt war, dachte ich daran, in die Stadt zurückzukehren, wieder Handel zu treiben und Geld zu verdienen. Nur blieb die Frage, wie mein Sohn und ich mit Akobi in unserem zwei-mal-vier-Meter-Verschlag klarkommen würden. Das Problem löste sich bald. Meine Mutter weckte mich eines Nachts, weil sie etwas Wichtiges auf dem Herzen hatte. Akobis Vater sah es nicht gern, daß ich seinen einzigen Enkel mit zurück in die Stadt nehmen wollte. Heimlich war er an meine Mutter herangetreten mit der Bitte, mich zu überreden, meinen Sohn im Dorf zurückzulassen und allein zurückzugehen. Meine Mutter hatte wohl gedacht, ich würde an die Decke gehen und Zeter und Mordio schreien. Bevor ich nein sage, solle ich es mir gründlich überlegen, mahnte sie mich. Sie staunte nicht schlecht, als ich sofort zustimmte: »Prima! Ich laß ihn hier.«

Ein Jahr nach unserer Trennung, an einem Samstagmorgen, machte ich mich also mit meinem prallgefüllten Bastkorb auf in die Stadt, zu diesem Mann namens Akobi, der noch immer mein Gatte war. Kofo blieb bei meiner Mutter zurück.

Eine saftige Überraschung wartete in der Stadt auf mich.

Als ich ankam, war Akobi nicht zu Hause. Unbedingt wollte ich einen Blick auf meinen Goldschmuck werfen, meiner Lebensversicherung im wahrsten Sinne des Wortes, mein einziges wertvolles Gut, das mir in einer finanziellen Notlage den Kopf retten konnte. Also begann ich dort zu suchen, wo Akobi normalerweise seine Habe versteckte. Ich suchte und suchte und fand nichts, weder den Schmuck noch die neuen Kleider. Auch der wertvolle Gürtel, ein Erbstück meiner Großmutter, war verschwunden. Andere Kleinigkeiten, wie die kleine, zierliche Elfenbein-Schnitzerei, die Mutter mir vor meiner ersten Abreise in die Stadt als Maskottchen gegeben hatte, fand ich ebenfalls nicht mehr im Raum. Die traurigen Befürchtungen, die ich schon im Dorf gehegt hatte, schienen sich zu bewahrheiten. Ich

betete inständig, ein einziges Mal nicht den richtigen Riecher gehabt zu haben.
Ich mußte darum kämpfen, die Nerven zu behalten. Also ging ich zu Mama Kiosk, um mich zurückzumelden. Außerdem wollte ich mich für die Kindersachen und das Babypuder bedanken, die sie mir ins Dorf geschickt hatte. Ich klopfte an die Tür und hörte ihre Schritte. Die Tür wurde weit aufgerissen, und vor mir stand die breit lächelnde Mama Kiosk. Sie lachte überschwenglich, nahm mich in die Arme, führte mich herein und holte mir Wasser. Als sie zurückkam, setzte sie sich zu mir und sah mir forschend in die Augen. Mir war sofort klar, daß sie etwas auf dem Herzen hatte. »Ist was?« fragte ich mißtrauisch. Doch sie sagte nur: »Du bist ein lieber Grünschnabel! Ein sehr lieber Grünschnabel!«
»Jetzt übertreib' mal nicht, Mama Kiosk«, flachste ich, »vielleicht erzählst du mir lieber, um was es geht.«
Keine Antwort. Sie sagte nur: »Wenn es mir der Vogel nicht selbst gepfiffen hat, pfeife ich's auch nicht weiter. Da mußt du schon deinen Gatten fragen.«
Als ich nach einer halben Stunde nach Hause ging, war ich also auch nicht schlauer, ganz im Gegenteil.
Erst nach Mitternacht kam Akobi. Ich hatte ihn nicht über meine Rückkehr informiert. Um die unangenehme Überraschung, die ihm mein Auftauchen bestimmt bereiten würde, im Rahmen zu halten, legte ich mich gleich auf meine Matte auf dem Boden schlafen. Er störte mich nicht, als er heimkam. Am nächsten Morgen war es freilich nicht, als sei ich ein Jahr fortgewesen und soeben zurückgekehrt. Es war wieder dieselbe Leier: raus aus dem Bett im Morgengrauen, Wasser heiß machen, seine Utensilien zum Badehäuschen tragen, auf ihn warten, um nachzuspülen und das Zeug wieder zurückzubringen. Dann den Verschlag sauber machen, Essen kochen und gegen Lebensmittel den Müll anderer Leute wegwerfen.
»Ist ja wunderbar, daß du zurück bist, Mara«, riefen alle.
So betrüblich es klingen mag, wunderbar war nicht, daß ich

zurück war, sondern daß ich ab jetzt wieder Müll für sie wegbrachte. Mara, die Frau, deren Nase gegen die übelsten Gerüche des Müllplatzes und der öffentlichen Toiletten gefeit war, wenn es dafür nur zwei Platanenblätter gab. Mara Grünschnabel, die Rettung aller beleidigten Nase, war wieder in Aktion. Dann folgte die erwartete böse Überraschung.
»Akobi«, begann ich am Sonntagmorgen, »gestern habe ich nach dem Schmuck, den Kleidern und den anderen Sachen gesucht. Ich hab' nichts gefunden. Sind die gar nicht hier?«
Er lag auf dem Bett und starrte an die Decke. »Nee!«
»Du hast mir gesagt, du würdest sie hier sicher aufbewahren. Ich habe sie aber nicht entdeckt«, bohrte ich verwegen nach.
»Ja eben, die Sachen sind ja auch nicht hier«, bemerkte er beiläufig, den Blick auf die verrostete Zimmerdecke gerichtet.
»Und wo sind sie dann?« wollte ich schließlich wissen.
»Verkauft!« Noch immer starrte er an die Decke.
»Was hast du gemacht?« Ich hielt mich am Sessel fest.
»Ich habe die Sachen verkauft. Und jetzt geh und paß auf, daß meine Hafergrütze nicht anbrennt«, kommandierte er weiter.
War das jetzt eine Drohung oder nur eine Anordnung? Egal, diesmal hatte ich keine Angst. Ich blieb standhaft.
»Würdest du mir bitte mitteilen, weshalb du die Sachen verkauft hast«, schrie ich hysterisch. Ich höhnte: »Was hast du mit dem Geld angestellt? Hast du vielleicht einen Bus gekauft? Oder ein Stück Land? Ein Haus?«
Er zeigte zu meiner Überraschung keinerlei Regung und antwortete nur: »Nein, damit habe ich meinen Reisepass und die Flugkarte angezahlt. Ich gehe nach Europa.«
»Was?« Ich wollte es laut rausbrüllen, doch mein Schrei erstickte im Hals. Mädchen, da hast du den Salat, dachte ich. Du hast deinen Alten zu lange in der Stadt alleingelassen, und schon ist er durchgedreht.
»Jetzt mal ehrlich, Akobi.«
»Solltest du nicht nach der Hafergrütze sehen, verflucht?«
»Oh nein, ich werde nicht nach meiner Hafergrütze sehen!«

Das klang so bestimmt und herausfordernd, daß Akobi die Kinnlade herunterklappte.
»Du willst also nicht gehorchen?« gab er drohend zurück.
Aber diesmal hatte er sich in den Finger geschnitten. Ich war gefaßt, auf ihn, auf alles, was da kommen mochte. Mir war alles schnuppe.
Er richtete sich auf. Sofort ergriff ich einen der Steinklötze, die das vierte Standbein des Tisches ersetzten. Der Tisch kippte.
»Nein, Akobi«, zischte ich gefährlich, »da wird nichts draus. Ich werde diesmal nicht tun, was du sagst, denn du wirst mir vorher berichten, was du mit meinem Eigentum angestellt hast.«
Der Steinbrocken war genau auf ihn gerichtet. Erstmals in unserem Eheleben schien Akobi verunsichert. Hatte ich wirklich vor, ihn zu schlagen oder war es nur ein Bluff? Die Sache mit Europa nahm ich ihm nicht ab, ich konnte es nicht glauben. Deshalb war ich außer mir vor Wut. Wie sollte ich das auch glauben, mein Gott? Für mich war Europa ein völlig exotischer Platz, undenkbar weit entfernt. Etwa da, wo der Himmel anfing. Da, wo kein Irgendjemand einfach so hingehen konnte. Da gingen nur diese Minister, große Gelehrte, Rechtsanwälte hin, die dort jede Menge Bücher gelesen und weiße Frauen geheiratet hatten. Aber Akobi? Ausgerechnet Akobi? Mein Gatte Akobi, in seinem verrosteten zwei-mal-vier-Meter-Verschlag, zwischen öffentlicher Bedürfnisanstalt und Müllplatz? Mein Akobi, dessen Vaters Einkünfte davon abhingen, wie oft Naka und Umgebung von Cholera und Ruhr heimgesucht wurden. Nein, er hatte meinen Schmuck ganz gewiß irgendeiner Frau vermacht, vielleicht dieser Büromietze Comfort. Darum war ich auf hundertachtzig. Das mit Europa war ja wohl ein schlechter Scherz. Wie sollte das angehen? Das konnte nicht wahr sein. War es aber! Ich war es, die daneben lag. Akobi wußte besser Bescheid als ich, hatte mehr Selbstvertrauen, als ich jemals gedacht hatte, und schien genau zu wissen, was er wollte. Es gelang ihm, mich zu beruhigen. Er sagte, ich solle

den Haferbrei getrost vergessen und ihm bitte die Möglichkeit geben, alles zu erklären. So begann er, mich von seinem Vorhaben zu überzeugen.

»Ich gehe für ein oder höchstens zwei Jahre nach Europa«, fing er an, »ich werde dort arbeiten. Mensch, Mara, da gibt es in den Fabriken und auf dem Bau sehr viel Arbeit und viel zu wenige Arbeitskräfte, weißt du das überhaupt? Eben deshalb habe ich deine Sachen verkauft. Ich will dort arbeiten, hart arbeiten. Du wirst es sehen, ich schwöre es bei allen Göttern der Heimat, in spätestens einem Jahr wirst auch du es einsehen. Ich werde soviel verdienen, daß ich uns alles kaufen kann. Einfach alles, Mara! Fernseher, Radio, Kühlschrank, Teppich, alles. Sogar ein Auto.«

»Auto!« rief ich entgeistert. Unbewußt ließ ich den Stein aus der Hand gleiten, den ich während der ganze Zeit umklammert hielt. »Hast du eben Auto gesagt?«

»Das ist noch nicht alles«, fuhr er fort. »Das wäre ja nur im ersten Jahr. Wenn ich bis dahin nicht zu große Sehnsucht nach Kofo und dir habe (als ob er während des Jahres, in dem ich in Naka gewesen war, Sehnsucht nach uns gehabt hätte), kann ich ja noch ein Jahr oder länger bleiben. Und bis dahin haben wir dann ein eigenes Haus. Ein schmuckes Blockhaus, wie es die Minister und Gelehrten und ihre englischen Ehefrauen haben. Das alles und nicht weniger. Kannst du dir das vorstellen, Mara?«

Blöde Frage! Natürlich konnte ich mir das nicht vorstellen. Wie auch? Damals in Naka, als wir jung waren, erschien uns Europa nicht wie der Himmel – Europa war der Himmel! »Darum sind die Leute die von da zurückkehren, auch viel hübscher als vorher...«, sagte einmal einer. Ein anderer ergänzte zustimmend: »... und zwar, weil man nur mit diesen fliegenden Dingern dahinkommt.«

Damals wußte ich weder was Kosmetika noch was Flugzeuge waren. Seit ich in der Stadt lebte, wußte ich darüber Bescheid. Doch Europa erschien mir deshalb immer noch nicht greifbarer.

Jedenfalls nicht für diesen Akobi, der gerade auf seiner Trokkengras-Matratze in diesem Blechverschlag saß. Doch ganz langsam ging es mir in den Kopf. Immer mehr ergriff der Gedanke von mir Besitz, bis ich anfing zu zittern und mein Herz vor Erregung raste. Ich war so verzückt, daß ich in diesem Moment Akobi sogar liebend gerne erlaubt hätte, mich selbst als Dreingabe zu den Kleidern und dem Schmuck zu verkaufen, wenn er es vorgeschlagen hätte. »Akobi, bist du ganz sicher, daß das möglich ist?« fragte ich endlich. Ich wollte es noch einmal bestätigt haben, mehr davon hören. Das sollte ich haben! Akobi grinste wichtigtuerisch, so wie der langnasige Häuptling von Naka in seiner Sänfte. »Was heißt da möglich? Mara, würde ich dich anlügen? Das ist nicht nur möglich, das ist weit mehr als möglich. Wußtest du überhaupt, daß in Großbritannien die Leute so reich sind, daß sie Kühlschränke einfach wegwerfen, häh? Und in Deutschland? Da werfen sie Autos weg.«

»Die tun was?« kreischte ich. Ich konnte nicht anders. »Die werfen Kühlschränke und Autos weg?«

»Ich hab's doch gesagt, Mara.« Er grinste noch immer.

»Sind die denn richtig im Kopf? Die Weißen in Europa?« fragte ich in vollem Ernst. Ich war felsenfest davon überzeugt, daß bei Leuten, die Kühlschränke und Autos wegwarfen, eine Schraube locker sein mußte.

Doch Akobi war um keine Antwort verlegen. »Richtig im Kopf?« frohlockte er, »und ob die richtig im Kopf sind. Goldrichtig sogar. Was glaubst du eigentlich? Die werfen die Sachen nur deshalb weg, weil sie zuviel davon haben. So ist das eben. Einfach zuviel.«

Das war jetzt doch zuviel für mich. Es war mir noch immer unbegreiflich, wie ein geistig gesunder Mensch Fernseher und Autos wegwerfen konnte. Also allen Ernstes, wer bei uns nicht solche Geräte besaß, war ein Niemand. Dein Fernseher konnte ruhig kaputt sein. Vielleicht hast du auch nie geguckt, und wenn doch, hast du von alledem nichts verstanden. Wie solltest du auch, wenn dauernd Simon Templar den Bildschirm rauf und runter lief, Leute bewußtlos schlug oder erschoß und langbeinige Blondinen küßte. Du aber hattest nie zuvor eine Pistole gesehen, hattest keinen Schimmer, was eigentlich dieses Scotland Yard war und hattest, bevor du es am eigenen Leibe erfuhrst, nie gesehen, daß deine Eltern sich geküßt hatten. Na und? Hauptsache, du hattest ein Fernsehgerät! Und wenn du zum Fernseher noch Kühlschrank und Auto dein eigen nennen konntest... Donnerwetter, dann war es nur noch die englische Ehefrau, die dich vom Minister oder vom Gelehrten unterschied. Da öffneten sich dir alle Türen. Wollte Akobi so hoch hinaus? Es war zu schön um wahr zu sein, so schön, daß manchem angst und bange geworden wäre. Doch nicht meinem lieben Akobi!

Kühl, beschwörend, verführerisch, gewinnend, fuhr er fort. »Sag mal, Mara«, meinte er plötzlich und warf sich dabei in die Brust, »was meinst du eigentlich? Was ist das bessere Geschäft? Eine Getreidemühle oder ein Teigkneter? Oder vielleicht eine Erntemaschine für Reis? Die könnten wir an die Bauern im Norden vermieten, für jede Menge Geld und für riesige Reissäcke. Also, was meinst du?«

Was ich meinte? Ich mußte schlucken. Mein Gott, es war das erste Mal, daß mich Akobi überhaupt um meine Meinung fragte. »Akobi«, hauchte ich abwesend, »so oder so, du weißt schon, was zu tun ist. Du wirst das schon richtig entscheiden. Da bin ich ganz sicher.« Es war wie in einem Liebestraum, versunken in den Armen eines Don Juan. In diesem Moment hätte ich einfach alles getan, was Akobi von mir verlangt hätte. Dein Wille geschehe! Nicht einmal der Papst hätte mich davon abbringen können. Wenn er mir plötzlich empfohlen hätte, mich enthaupten zu lassen, ich hätte sogleich fröhlich eingewilligt und mein Rumpf wäre ihm dankbar Hallelujah singend hinterher gehüpft. So hatte er mich total eingewickelt, schon bevor ich zu hören bekam, was er für mich persönlich auf Lager hatte.

»Mara, denke bitte nicht, ich schäme mich wegen dir oder so«, begann er. »Ich möchte jedenfalls, daß du nähen lernst, während ich fort bin. Denn ich werde aus Europa sechs oder acht elektrische Nähmaschinen mitbringen. Damit kannst du dann hier in der Stadt eine kleine Näherei eröffnen. Traust du dir zu, es in zwei Jahren zu lernen?«

Mir fehlten die Worte. Allein ihn zu hören, das Glück dieses Augenblicks, die Tatsache, Akobi als Mann und Vater meines Sohnes zu haben, machte mich so freudentrunken, daß ich zu explodieren drohte. Ich war dem süßen Suff verfallen. So wankte ich zu ihm auf die Matratze. Ich hauchte: »Akobi, ich muß mich ein wenig hinlegen, sonst werde ich ohnmächtig.« Das war auch nicht gelogen.

Er lächelte krampfhaft und streckte sich neben mir auf der Matratze aus. Er gähnte und schloß seufzend die Augen, noch immer lächelnd. Er hatte gewonnen, das wußte er genau.

Händeschütteln

Ich schwebte auf einer Wolke, mein Kopf war frei und leicht, als ruhte ich friedlich an den riesigen Brüsten einer unbekannten Göttin. Ich ging die Straße entlang und lächelte, wenn mich ein Auto überholte. Es war ein wissendes Lächeln, denn es würde nur eine Frage der Zeit sein, bis irgendwer diese Straße entlanggehen und ich ihn im Auto überholen würde. Wenn ich sehr durstig war, holte ich keine Kalabasche Leitungswasser, sondern ich gönnte mir den ungeheuerlichen Luxus einer Flasche eisgekühlten Wassers aus dem Kiosk. Auch jetzt lächelte ich, denn ich wußte, irgendwann würde ich Wasser aus meinem eigenen Kühlschrank trinken.

Tja, es war schon ein absolut tolles Gefühl, das allerdings auch seinen Preis hatte. Akobi teilte mir mit, die wesentlichen Unkosten seien zwar inzwischen abgedeckt, aber einige kleinere Auslagen müßten noch getätigt werden, und dafür müsse er jetzt jeden Pfennig sparen. In anderen Worten: Ich sollte meinen Gürtel enger schnallen und noch mehr arbeiten. Die rosarote Zukunft deutlich von Augen, warf ich mich mit Zähnen und Klauen auf die Arbeit. Meinen Bauchladen-Verkauf am Rastplatz konnte ich getrost vergessen. Laut Mama Kiosk hatten Esiama und ihr schmierbäuchiger Liebhaber an meine Rückkehr eine Bedingung geknüpft. Ich sollte mich auf den Knien bei Esiama entschuldigen, vor allen, die damals unserem Kampf zugesehen hatten. Das erschien mir völlig unter meiner Würde, besonders da mein Ehemann bald zu den gemachten Leuten zählen sollte, zu denjenigen, die in Europa oder den Vereinigten Staaten gelebt hatten. Also ließ ich Esiama ausrichten, falls sie darauf warten würde, daß ich zur ihr käme und mich entschuldigte, sollte sie aufpassen, daß sie dabei nicht gelb würde. Sie könnte die Zeit sinnvoller nutzen und noch einmal im Sand nach ihren Zähnen suchen. Ich suchte einen anderen Platz für meinen Eierhandel. Schließlich versuchte ich's am Bahnhof. Hier gab es jedoch schon sehr viele Eier-

Verkäuferinnen. Also ließ ich ein Drittel der Eier weg und verkaufte stattdessen geröstete Erdnüsse, die gut zu Bananen schmecken. Ein kluger Schachzug, denn die Geschäfte liefen blendend. Zudem verkaufte ich auf dem Nachtmarkt billigen Tabak. Wenn es die Zeit erlaubte, handelte ich sonntags noch mit frischen Kokosnüssen am Strand. Dies alles machte ich mit dem Feuereifer der Überzeugung. Keine Arbeit war zu schwer oder zu mühsam, solange sie dazu beitrug, daß Akobi seine Pläne in die Tat umsetzen konnte. Bald kam ich nicht nur für unsere Mahlzeiten, sondern auch für unsere Miete auf, denn jeden Pfennig, den er verdiente, behielt Akobi ganz allein für sich. Seine Reisepläne kamen in die entscheidende Phase, und so erfuhren auch die Leute in Naka davon. Bald stand das ganze Dorf Kopf.

»Der große Gott hat der Welt ein Zeichen gesandt: Naka, das ist erwähltes Land!« meinte einer.

»Die Menschen hier sind auserwählte Menschen«, fügte ein anderer zustimmend hinzu.

»Akobi bringt unserem Dorf höchstes Ansehen«, verkündete der Häuptling. Er gab bekannt, als Anerkennung dieser Verdienste eine Schwester Akobis zu seiner siebzehnten Ehefrau zu machen. Ganz Naka war vom Reisefieber gepackt. Begierig wartete man jeden Tag auf Nachricht über den aktuellen Stand der Vorbereitungen. Doch, wie Mutter sagen würde, wenn der Hase sich selbst überschätzt, gewinnt die Schildkröte das Rennen.

Seinen Paß hatte Akobi dank heftiger Beamtenbestechung in der Tasche. Auch hatte er sein Flugticket angezahlt und sogar einen brandneuen Handkoffer, einige neue Hemden, Hosen, Krawatten und Schuhe erworben. Doch noch immer fehlte ihm das Einreisevisum für ein europäisches Land. Dann tauchte ein Mann auf, der behauptete, Verbindungen zu den ausländischen Botschaften zu besitzen und Akobi zu einem Visum verhelfen zu können. Damit die Sache »wie geschmiert« lief, mußte Akobi ihm eine Menge Geld überlassen. Der Typ verschwand

so plötzlich wie er aufgetaucht war, und ward nie wieder gesehen.
Ich wußte nicht, wem er außer mir noch von seinem Problem erzählt hatte, auch nicht, ob es ihm recht war, daß die Leute in Naka davon erfuhren. Eine Gruppe gab es dort, die es Akobi gewiß schwer übel nahm, überhaupt mit anderen über seine Schwierigkeiten gesprochen zu haben: die Hühner und Ziegen von Naka nämlich, denn diese sahen ihr Ende jetzt schneller kommen, als sie es je geahnt hatten. Ein Bewohner nach dem anderen opferte seine Tiere dem Medizinmann für Akobi, um ihm zu helfen, wie sie es ausdrückten, das Problem beim Schopf zu packen.
Vielleicht waren die Götter mit den Hühnern und Ziegen nicht zufrieden. Oder sie waren verärgert, daß die Dorfbevölkerung nur den heimischen Gin mitbrachte, anstelle des hochwertigen London Dry Gin, den die Götter nach Angabe des Medizinmannes bevorzugten.
Ich weiß es wirklich nicht. Jedenfalls schaffte es Akobi nicht, das Problem beim Schopf zu packen und ein Visum zu ergattern. Der Reisepass war das einzige, was er in der Hand hatte. Doch er ließ nicht locker, und bald offenbarte sich ihm die wertvolle Tatsache, daß es bestimmte Möglichkeiten gab, auch ohne Visum in Europa einzureisen. Diese zu nutzen, kostete aber auch Geld. Geld, das Akobi frühestens in einem Jahr aufbringen konnte, und dann auch nur, wenn er jeden Pfennig seines Monatseinkommens zur Seite legte.
Sein Vater jedoch hatte inzwischen seine damalige Weigerung, Akobi Geld zu leihen, bereut. Akobis Reisepläne hatten sein Ansehen im Dorf weiter gestärkt. Deshalb entschuldigte er sich bei Akobi und bat, ihm mit der fehlenden Summe aushelfen zu dürfen. Er beschaffte sich das Geld durch den Verkauf eben jener Parzellen, die abzugeben er sich damals noch geweigert hatte, und mit Hilfe seiner Schwester, Akobis Tante, die einen Teil ihres Goldschmucks versetzte. Auf einem schmalen, mit einem hellgewobenen Tuch bedeckten Holztablett überreichte

er Akobi das Geld. Jetzt konnte Akobi nichts mehr aufhalten. Der Weg war geräumt, wie Mama Kiosk sagen würde. Und alle fieberten mit ihm.

Ganz allmählich verdrängt die Nacht den Tag und verläßt wieder ihren Platz. Ganz allmählich auch rückte der Tag der Abreise heran. Schließlich waren es noch zwei Tage. Seine Arbeitskollegen hatten zusammengelegt und für Akobi eine Abschiedsparty im Lido-Club organisiert. Diese Party fand ohne mich statt. Akobi wollte unbedingt allein gehen, da mich seine Kollegen gewiß als jene Frau in abgetragenen Kleidern und Gummitretern wiedererkannt hätten, die jeden Morgen an derselben Bushaltestelle wartete. Das hätte eine Katastrophe gegeben! Daran wollte ich nicht Schuld tragen – zwei Tage vor seiner Abreise. Ohne Murren willigte ich also ein, zumal er hoch und heilig versprach, gegen Mitternacht zurück zu sein. Ich glaubte ihm, doch er kam nicht um Mitternacht.

Am nächsten Morgen um zehn tauchte er auf und verschwand wenig später ohne weitere Erklärung. Dann erschien er erst wieder um acht Uhr abends. Mama Kiosk kannte im großen und ganzen alle Stammgäste und das Personal im Lido-Club. Sie hatte mir inzwischen geflüstert, daß es wohl eine Abschiedsfete mit allen Schikanen gewesen war. Selbstverständlich hatte Akobi im Mittelpunkt gestanden, aber auch diese Comfort an seiner Seite, die Frau, die ihn damals hatte abblitzen lassen. Diesmal jedoch, während ich zu Hause wartete, hatte er sie der geifernden Zuhörerschaft als Frau seines Lebens präsentiert. Und damit nicht genug: Danach ging er demonstrativ mit zu ihr nach Hause.

Dort also hatte er die Nacht und womöglich auch den folgenden Tag verbracht. Das Ganze beunruhigte mich, doch ich erwähnte es mit keinem Wort. Mit der Polygamie war ich wie selbstverständlich groß geworden und solange ich weder sah noch hörte, wie er mit einer anderen schlief, erschien mir Toleranz als höchste Pflicht. Trotzdem lag jetzt die Angst backsteinschwer auf meinem Herzen.

Schon sah ich ihn aus Europa zurückkehren: Einen gemachten Mann, der jetzt Comfort als passende Frau an seiner Seite vorzog. Trotz aller Arbeit und Mühen war ich dann nicht mehr gefragt.
Auch befürchtete ich, daß Comfort nicht einmal von ihm ablassen würde, wenn man ihr fünf Bungalows und zehn Morris Minors dafür versprochen hätte. Hatte sie nicht Akobi bis heute auflaufen lassen? Und jetzt änderte sie urplötzlich ihre Meinung. Wohl doch nur, weil Akobi nach Europa ging. Ein junger, aufstrebender Ehemann war einem schmierbäuchigen, verheirateten Liebhaber mit vagen Versprechungen auf Bungalows und Morris Minor allemal vorzuziehen.
Am Abend kehrte Akobi zurück. Gegessen hatte er bereits und plumpste also sofort ins Bett. Kaum hatte ich die Kerosin-Lampe heruntergedreht, war da ein andauerndes, lautes Klopfen an der Tür. Ich hörte die ach so vertraute Stimme Mama Kiosks, die nach mir rief. Ich sollte meinen Mann wecken und sofort mit ihm herauskommen.
Zuerst wollte Akobi überhaupt nicht aufstehen, er war fest entschlossen, das Geschrei zu ignorieren. Doch Mama Kiosk bewies Ausdauer. Sie rief aufgeregt, es habe etwas mit der Reise zu tun, die ja schließlich am nächsten Tage anstünde. Jetzt hastete Akobi aus dem Bett und rannte zur Tür, ich hinterher. Draußen stand kein anderer vor uns als der Gehilfe unseres Medizinmanns aus Naka. Was trieb ihn den ganzen weiten Weg hierher? Er war völlig verstaubt, denn er war, so sagte er, vom LKW-Rastplatz auf des Schusters Rappen zu uns gekommen und hatte lange suchen müssen, bis er unsere Hütte fand. Er nahm die mit Wasser gefüllte Kalabasche, die ich ihm gab, und trank einen Schluck, nachdem er etwas davon als Trankopfer für die unterirdischen Götter vergossen hatte. Er war nur kurz vorbeigekommen, um uns eine Botschaft seines Herren und Meisters, des Medizinmanns, zu übermitteln. Er mußte sofort wieder nach Hause, worüber ich ganz froh war, weil ich mir schon den Kopf zerbrochen hatte, wo wir ihn in

der Nacht unterbringen konnten. Die Botschaft war knapp, eindringlich und prägnant: »Schüttele morgen am Flughafen niemandem die Hand. Da ist jemand, der dir in letzter Minute Gift in die Hand schmieren will, damit du in Europa Schiffbruch erleidest.« Das war alles! Dann verließ er uns sofort, wie versprochen.

Man mag diese Botschaft belächeln, erst recht die Tatsache, daß ein Mensch für diese zwei Sätze die vielen Kilometer von unserem Dorf in die Stadt auf sich nimmt. Doch wir waren abergläubische Leute und schließlich es ging um eine sehr ernste Sache: eine Reise nach Europa. Also zerbrachen wir uns bis tief in die Nacht gemeinsam mit Mama Kiosk den Kopf, wie man das Händeschütteln vermeiden könnte, ohne den Verdacht zu erregen, es sei Aberglaube im Spiel, was nun wirklich nicht zum Bild des vornehmen Akobi gepaßt hätte, der im grauen Anzug, mit gestreifter Krawatte und spitzen Schuhe auf seinen Check-In nach Europa wartete. Das ist eben so ein Komplex. Ein abergläubischer Afrikaner der in einen zivilisierten Kontinent reist, wird seinen Aberglauben unter allen Umständen verleugnen (auch wenn jedermann darum weiß), denn Aberglaube gilt als primitiv. Und der fast schon gemachte Mann ist selbstverständlich der letzte, der mit Primitivität in Verbindung gebracht werden möchte. Wir überlegten hin und her, doch unser Problem schien schier unlösbar. Händeschütteln am Flughafen ist nun mal ein unverzichtbarer, wesentlicher Teil des Abschiedsritus von Europa-Reisenden. Eine Abreise am Flughafen ohne Händeschütteln? Unvorstellbar! So macht man sich verdächtig.

Am nächsten Morgen waren wir noch immer nicht schlauer. Aber noch war es nicht zu spät, denn sein Flug ging erst um elf Uhr abends. Der Mann, den er dafür bezahlte, ihn nach Europa zu schmuggeln (ein Einreise-Visum hatte er noch immer nicht), ein dubioser Unterweltagent, wurde nicht vor sieben oder acht erwartet. Daß ich am Flughafen genausowenig willkommen war wie zuvor auf der fröhlichen Abschiedsparty, brauchte er mir nicht zu sagen. So tröstete ich mich damit, daß ich ihn wenigstens bis sieben Uhr abends ganz für mich haben würde. Denkste! Gegen zwei Uhr ging ich Holzkohle kaufen. Ich wollte Feuer machen und ihm als mein Abschiedsgeschenk seine geliebte Krabbensuppe kochen. Als ich knapp zwanzig Minuten später zurückkam, war Akobi spurlos verschwunden. Ein Nachbar hatte ihn kurz nach mir gehen sehen, seinen Reisekoffer in der Hand, in Alltagskleidern und ganz allein. Ich dachte, er wäre nur kurz fort, um mit dem Koffer noch etwas Eiliges zu erledigen. Vielleicht verfolgte er einen Plan, dem Problem mit dem Händeschütteln beizukommen. Außerdem hatte er mir ja keine Nachricht hinterlassen. Zwar hatte er das auch in der Vergangenheit nie gemacht, doch ich dachte, vor einer solchen Reise würde er bestimmt eine Ausnahme machen. Ich machte also weiter, als sei nichts gewesen, und bereitete die Suppe vor. Als alles fix und fertig war, setzte ich mich hin und wartete geduldig auf ihn. Da saß ich nun und harrte der Dinge. Aus Sekunden wurden Minuten, Minuten wurden zu Stunden, und noch immer saß ich da und hoffte... bis es schließlich sieben Uhr wurde. Nun wußte ich, alles Sitzen und Warten war vergebens gewesen. Da stand der große Suppentopf. Da standen die schon geschälten Jam-Wurzeln, die darauf warteten, gekocht zu werden. Da stand der Topf mit Wasser, damit er sich vor und nach der Mahlzeit die Hände waschen konnte. Und da stand ich – vor dem Scherbenhaufen meiner Hoffnungen.

Ab jetzt verging die Zeit wieder schneller. Um elf Uhr, dem Zeitpunkt seines Abfluges, nahm ich den Suppentopf und goß den Inhalt in das hinterste Ende des stinkenden Rinnsals, das sich vor unserer Tür schlängelte. Dem Wasser widerfuhr das gleiche Schicksal, und die Jam-Wurzeln landeten im Mülleimer.

Ich ging zurück, nahm sein altes Handtuch, sprang ins Bett, presste das Handtuch ganz fest an mich und begann, Rotz und Wasser zu heulen. Eigentlich ganz schön lächerlich, denn eben dieses Handtuch, an das ich mich nun klammerte, hatte mir so manche Tracht Prügel eingebracht. Zum Beispiel, wenn das verstockte Ding in schwül-feuchten Nächten nicht trocken werden wollte und ich Akobi das klamme Tuch am Morgen zumuten mußte. Ich bekam Schläge, geradeso, als sei ich der Wettergott, als hätte ich die Schwüle herbeigehext. Und jetzt lag ich da und klammerte mich an dieses Handtuch, wie ein Kind an seinen allerliebsten Teddybären. Was gab es überhaupt zu heulen? Welche Wohltaten hatte ich Akobi eigentlich zu verdanken, daß ich über seine Abreise weinte? War ich nicht eher seine Magd als seine Ehefrau gewesen? Und ich heulte jetzt, weil er gegangen war, weil ich jetzt auf seine Schläge und Tritte, seine Ohrfeigen, Beleidigungen und Demütigungen verzichten mußte. Bei all dem wurde mir völlig klar: Ohne es zu merken, war ich mehr und mehr in Akobis Bann geraten, in den Bann seiner Ungerechtigkeit, seiner Tyrannei, seiner Härte mir gegenüber. Was seine Härte aus mir gemacht hatte, war mir zuwider, und doch, es war diese Härte, die mich ihn als Herrn im Hause, als meinen Ehemann, anerkennen ließ. Vielleicht fürchtete ich auch nur die Veränderung, das Ungewisse, die neue Erfahrung, für mich allein verantwortlich zu sein, frei von Bevormundung.

Wie würde es sein ohne Akobis Herrschsucht, die gefürchtete, verhaßte Despotie? War ich überhaupt in der Lage, mein eigenes Leben zu bestimmen? Meine Rolle als Dienerin hatte ich ganz und gar angenommen. Meine Güte, wie hatte ich diese Ungewißheit gefürchtet, und dies war wohl auch der Grund für meine Sehnsucht nach Akobi, für meinen Wunsch, er hätte jetzt bei mir sein mögen. Vielleicht weinte ich ja deshalb so.

Wunschzettel

Akobi war jetzt zwei Wochen fort. Mama Kiosk und ich saßen plaudernd zusammen, als sie plötzlich einwarf: »Du, Grünschnabel, etwas wollte ich dir schon längst sagen...«
»Und was?«, fuhr ich mißtrauisch dazwischen.
»Dein Mann, Grünschnabel.«
»Wegen seiner Hand?« Mir kam die Debatte über das Händeschütteln in den Sinn.
»Nee... ach was! Er hat sich Pflaster auf die Handfläche geklebt und hatte dann 'ne Ausrede, habe ich gehört. Aber nein. Das meine ich nicht. Ich meine diese andere, diese Comfort. Wegen ihr ist er so früh verschwunden ohne dir Lebewohl zu sagen, wie es sich gehört hätte. Er wollte mit der zusammensein.«
Es war schon irgendwie ulkig, daß mir Mama Kiosk Sachen erzählen mußte, die ich als Akobis Ehefrau eigentlich wissen und Mama Kiosk hätte erzählen sollen. Beispielsweise, wie er das Problem mit der Hand gelöst hatte. Daß ich das mit Comfort nicht wußte, war hingegen wenig verwunderlich, denn betrogene Ehefrauen sind gewöhnlich die letzten, die erfahren, wie ihr Mann ihnen mitspielt. Doch jetzt kamen wieder die Ängste, das tiefe Mißtrauen und die bange Frage, ob ich nach seiner Rückkehr noch gut genug für ihn sein würde. Eine Furcht, die tief in mir brannte. Von Zweifeln geplagt jammerte ich: »Er ist schon wieder zu ihr gegangen?«
»Und ob! Aber das ist noch nicht alles. Sie hat ihn auch auf den Flugplatz begleitet. Mal ganz ehrlich, Grünschnabel, wenn ich du wäre, würde ich den jetzt schleunigst vergessen und nur noch an mich und meinen Sohn denken. Das ist das einzig Richtige. Diese unsere Männer verduften immer nach Europa und erzählen, sie sind in einem oder zwei, bestimmt aber in drei Jahren zurück. Angeblich nur um zu arbeiten, Geld zu verdienen und dann zurückzukommen. Da gehen sie hin auf Nimmerwiedersehen. Du mußt ihn einfach vergessen!«
Ich war gelinde gesagt entsetzt. Wie bitte? Akobi vergessen?

»Bei allem Respekt, Mama Kiosk«, begann ich vorsichtig. Mir kam die Galle hoch bei dem Gedanken, was Mama Kiosk da von mir verlangte, »du bist so etwas wie eine Mutter für mich. Du bist wirklich sehr gut zu mir. Aber das sage nicht noch einmal. Das gefällt mir wirklich nicht.«

»Na gut.« Mama Kiosk blieb erstaunlich gelassen. »Du mußt es ja wissen. Aber sage nachher bloß nicht, ich hätte dich nicht gewarnt, Mara.«

Mir wurde klar, daß sie die Sache sehr ernst nahm. Denn nur, wenn ihr etwas sehr ernst war, nannte sie mich Mara.

Allein im Bett beschloß ich in dieser Nacht, endlich etwas aus mir zu machen. Akobi sollte nach seiner Rückkehr stolz auf mich sein. Ich würde alle Zweifel ausräumen, daß ich als Partnerin weniger tauge als seine Comfort. Ich grübelte lange nach. Zuerst würde ich mit dem Eier- und Erdnußverkauf weitermachen, um den Nähunterricht zu finanzieren. Als gelernte Näherin würde ich mir Arbeit bei einer selbständigen Schneiderin suchen. Ich würde viel Wert auf mein Äußeres legen, auf Kosmetik, Frisur, Kleider und Schuhe. So perfekt wäre meine Veränderung, daß mich Akobi bei seiner Rückkehr überhaupt nicht wiedererkennen würde, bis ich sagen würde: »Hallo! Es ist deine Mara, die vor dir steht.« Und dann gute Nacht, ihr bösen Luxusweiber aus dem Ministerium. So würde ich es machen, schwor ich hoch und heilig.

Sechs Wochen danach besuchte ich das staatliche Krankenhaus, denn ich fühlte mich unwohl. Die Symptome kamen mir bekannt vor. Jedoch hatte ich im Vormonat ganz normal meine Tage gehabt und keinen Anlaß zu glauben, ich sei wieder schwanger.

Ich war es trotzdem. Diesmal gab es zwar keinen Akobi, der mich dafür hätte prügeln können, doch war ich wieder unsicher, ob ich allein damit fertig werden würde. So warf ich meine frisch beschworenen Pläne über den Haufen und machte mich schon im vierten Monat auf den Weg nach Hause, zu meiner Mutter und meinem Sohn.

Bald merkte ich, daß die Stadt von mir Besitz ergriffen hatte. Jeder Tag des Wartens auf mein zweites Kind kam mir wie ein Jahr vor. Mit dem Leben im Dorf konnte ich mich nicht mehr identifizieren. Ich fühlte mich dort als Fremdkörper. Ich hatte vom Stadtleben gekostet und mich darauf versteift, Näherin zu werden und mich in eine moderne Frau für Akobi zu verwandeln. Am Ende wollte ich eine passende Frau für meinen erfolgreichen Gatten sein. Nur darum kreisten jeden Tag meine Gedanken. Für Verpflegung und Unterkunft mußte ich natürlich täglich auf den Feldern mithelfen. Um Alhaji in der Stadt die monatliche Miete zu zahlen, mußte ich außerdem Palmwein verkaufen. Doch war ich nur mit halbem Herzen bei der Sache. So ist das eben: Wer lange genug in der Stadt wohnt, wird schließlich von einer Krankheit befallen, die ich als »Stadtsucht« bezeichnen möchte. Ist man mit dieser erstmal infiziert, kommt die Rückkehr in die Dorfgemeinschaft einem ständigen Schwimmen gegen den Strom gleich. So grundsätzlich verschieden ist die Lebensweise hier und dort. Und wer zudem wie ich nach Höherem strebt, der zeigt überhaupt keine Neigung, sich wieder in die verhältnismäßig streng geordnete Dorfgemeinschaft einzuleben.

So kehrte ich freudentrunken in die Stadt zurück, als mein zweiter Sohn acht Monate alt geworden war. Trotz meines kleinen Aufstandes kurz vor meiner Abreise warteten bereits Mama Kiosks offene Arme auf mich.

Es galt, keine Zeit zu verplempern. Ohne Zögern nahm ich mein Ziel in Angriff und suchte mir zuerst eine Näherin, die mir Unterricht gab. Auf dem LKW-Rastplatz arbeitete ich nicht mehr, denn mein Nähunterricht fand vormittags statt. Am Nachmittag verkaufte ich Röstpfannkuchen auf dem Marktplatz, am Abend und am Nachmittag Zigaretten und Süßigkeiten vor den Kinos. Mein neues Tätigkeitsfeld hatte noch einen anderen Vorzug: Es erschien mir einen Hauch zivilisierter zu sein, als Eier und Erdnüsse auf dem Rastplatz feilzubieten. Es paßte eher zu meinem neuen Ich.

Jeder Tag, jeder Monat, den Akobi in Europa blieb, ließ mich optimistischer in die Zukunft blicken. Wenn ich mir dann noch meine eigene Nähstube, die Akobi mir ja zugedacht hatte, vor Augen führte, schwebte ich geradezu im siebten Himmel. In meinen Tagträumen malte ich sie mir ganz genau aus, meine Nähstube der Zukunft. Sie würde auch einen Namen haben: »Maras moderne Nähecke« oder »Maras psychedelisches Nähstübchen«, denn das Wort psychedelisch war in aller Munde. Auch das macht das Stadtleben so faszinierend. Immer neue Zauberworte kommen und gehen, und die Leute geben ihnen immer neue Bedeutungen, die im Lexikon überhaupt nicht vorkommen, nur damit sie diese Worte so oft als möglich anwenden können. Vor gar nicht langer Zeit war es »Afro Buddy« gewesen. Viele Friseure nannten plötzlich ihr Geschäft danach: »Der Afro Buddy an der Ecke«, »Afro Buddy Hair Style«, »Ihre Afro Buddy Haarpflege Station« – und bitte schön: ein obskurer Schuster tauchte auf und verbreitete hartnäckig das Gerücht, Afro Buddy – das sei auch die Art und Weise, wie man sich in Harlem fortbewege. Ein Gehstil, den nachzuahmen nur mit einer ganz bestimmten Sorte Schuhsohlen möglich sei. Da die Sohle des rechten Schuhes am rechten Rand abgesägt war, die des linken jedoch völlig normal, ging man zwangsläufig mit einer Schlagseite nach rechts. Man mag es kaum glauben, aber die Schuster aller Himmelsrichtungen machten munter Überstunden, um die Sohlen der rechten Schuhe ihrer Kunden zu »reparieren«. Alte Schuhe, neue Schuhe, große und kleine, braune und schwarze. Alle Typen in der Stadt gingen dann Afro-Buddy-mäßig, nur weil irgendjemand mal gesagt hatte, das sei der neueste Schrei aus Harlem. Überhaupt: Harlem, Brixton, Brooklyn, waren die Trendsetter in der Stadt. Alles, was angeblich von dort kam, war sofort »in«.
Ich mußte mich noch ganz gehörig verändern, das war mir klar. Ein Anfang war jedoch da, und ich hatte auch schon deutliche Fortschritte gemacht. Ich konnte zufrieden sein. Zum Beispiel hatte ich mich von den Lumpen verabschiedet. Ich trug jetzt

Kleider. Ob neu oder gebraucht – es waren Kleider. Total europamäßige Kleider. Mit Hilfe meiner Lehrerin Madame Anaba nähte ich sie selbst. Na ja, es klingt so aufregend auch nicht: »Ich trage keine Lumpen mehr, ich trage Kleider!« Und doch, es war etwas ganz besonderes. Es war eine wundersame Wandlung, es war eine Sensation, meine ganz persönliche Sensation. Es war wohl so ähnlich, als ob eine junge, streng erzogene Mohammedanerin, die ihr Lebtag immer nur den langen, schwarzen Tschador getragen hat, eines schönen Tages, hoppla, ein scharfes, kniefreies Miniröckchen anzieht. Des lieben Gottes frischer Wind umspielt ihre Schenkel und streichelt ihre Beine. Jetzt steht sie vor dem Spiegel und sie fragt sich, warum sie erst jetzt darauf gekommen ist. Und auch mir ging durch den Kopf: »Warum habe ich die Kleider nicht getragen, als Akobi noch da war?« Dann hätte ich auch besser in seine Welt gepaßt – in Akobis moderne Welt. Er hätte mich vielleicht auf die Abschiedsfeier und zum Flughafen mitgenommen, und vielleicht hätte er sich auch nicht mit dieser Comfort einlassen brauchen. Nun ja, Schwamm drüber. Jetzt und hier spielt die Musik! Die Augen nach vorne, Mara! Ich würde mich also schleunigst verändern. So verändern, daß Akobi nicht mehr zögern würde, mich seinen Freunden vorzustellen. Ich würde so werden, wie er sich mich, seine Frau, immer gewünscht hatte, wie er es mir aber nie zugetraut hatte.

So nahm ich mich selbst in die Pflicht und machte weiter mit dem Nähen. Nun waren schon fast zwei Jahre seit seiner Abreise vergangen. Eine Postkarte und ein kurzer Brief waren die einzigen Lebenszeichen von Akobi gewesen. Er sei noch dabei sich einzuleben, schrieb er. Sobald er sich eingelebt habe, würde er wieder von sich hören lassen. Diese Eingewöhnungsphase nahm offensichtlich mehr Zeit in Anspruch, als wir alle vermutet hatten.

Vor zwei Jahren hatte er verkündet, drüben zu arbeiten und das Geld seines Lebens zu machen. Die zwei Jahre waren im Fluge vergangen, doch von Fernsehern, Autos, Mahlmaschine und

Reisernter fehlte jede Spur. Von der Hauptsache, meinen sechs elektrischen Nähmaschinen, ganz zu schweigen. Guter Rat war teuer. Oft sah mich Mama Kiosk ganz scharf an, als wollte sie sagen: »Na, hab' ich es dir nicht gleich gesagt?« Sie sprach es jedoch klugerweise niemals aus.
Der alte, gebrechliche Briefeschreiber mit seiner ebenso alten, klappernden Schreibmaschine, der immer vor dem Postamt saß, wurde mein Freund. Ungefähr einmal in der Woche ließ ich ihn einen Brief an Akobi schreiben. Ich hatte so viele Wünsche und Empfehlungen für ihn, besonders hinsichtlich meiner Nähmaschinen, daß ich die Tatsache, daß er bisher noch nicht auf einen einzigen meiner zahlreichen Briefe geantwortet hatte, verdrängte.
»Lieber Akobi, Zick-Zack-Nähte in allen Größen sollten die Maschinen schon können. Übrigens sind die Spulen hier bei uns sehr teuer, in Europa soll man für dasselbe Geld eine ganze Handvoll kriegen. Außerdem brauche ich hübsche Dessous und Korsetts, die meinen dicken Hintern in Form bringen...« Dies war mir lebhaft deutlich geworden, seitdem ich die Lumpen gegen Kleider getauscht hatte. Und das Garn?
»Mein liebster und einziger Akobi!« So begann jedesmal der alte Briefeschreiber. »Bei meinem letzten Brief habe ich überhaupt nicht an das Garn gedacht. Bitte denke daran, einen großen Pack Garn zu kaufen und mitzubringen. Alle möglichen Farben, aber besonders viel rot, denn rot ist gerade psychedelisch. Alles trägt rot! Auch ich habe mir ein knallrotes Kleid genäht. Bis bald, Deine Frau Mara hier in der Stadt.«
Der Zusatz »in der Stadt« erschien mir eminent wichtig. Schließlich hätten ja einige seiner Freunde, die den Brief vielleicht zu Gesicht bekamen, mich für eine Dorfpomanze halten können. Immer wieder schrieb ich Akobi, immer wieder war Schweigen die Antwort. Eines schönen Tages kam mein eigener Brief zurück. Er war wohl nicht ausreichend frankiert gewesen. Ich schickte ihn erneut fort. Er kam erneut zurück. Auch allen weiteren Briefen widerfuhr das gleiche Schicksal. »Zurück an

Absender« stand in großen blauen Buchstaben auf dem Umschlag. Ich machte mir langsam Sorgen. Auch Akobis Vater und die Familie machten sich Sorgen. Zwei Jahre waren vergangen und das angekündigte Auto rollte noch immer nicht durch Nakas Gassen. Sein Vater machte sich schlimmste Vorwürfe, schließlich doch nachgegeben und das Ackerland verkauft zu haben. Die Tante nahm es ihm übel, daß er sie bequatscht hatte, ihren Goldschmuck für Akobi zu veräußern. Der Häuptling war sich plötzlich nicht mehr sicher, ob Akobis Schwester seine letzte Frau sein sollte, und hatte bereits zwei weitere Damen im Auge. Die letzte Ehefrau zu sein, galt jedoch als besondere Ehre, denn dies bestätigte unmißverständlich, dem Mann alle Wünsche erfüllt zu haben, so daß er keine Veranlassung zu einer neuen Heirat sah. Der kurze Ruhm meines Vaters als Akobis Schwiegervater war inzwischen verblaßt. Die Sache wurde kritisch, und jeder schob dem anderen die Schuld dafür in die Schuhe. Warum war Akobi damals überhaupt zur Schule geschickt worden? Weshalb hatten ihn alle zu seiner Europareise ermutigt? Es setzte veilchenblaue Augen und Kratzer im Gesicht. Schließlich mußten alle zugeben, daß das Ganze wohl ein Schuß in den Ofen gewesen war. Doch gerade als sie schon die Flinte ins Korn werfen wollten, kam ein Brief von Akobi. Ein langer, ausführlicher Brief. Hierin tat er kund, daß er umgezogen sei und wir deshalb so lange nichts von ihm gehört hätten. Er hätte eben sehr viel regeln müssen. So, so, erst mußte er sich eingewöhnen, dann hatte er viel zu regeln...! Auf der zweiten Seite ließ er jedoch die Bombe platzen, die alles aufkeimende Mißtrauen und allen Ärger davonblies. Akobi wollte, daß ich – jawohl ich! – zu ihm nach Europa kam.
»Ich habe einiges gespart, für alles, was ich hier kaufen möchte. Doch wegen der Transportkosten muß jetzt möglichst schnell noch etwas mehr zusammenkommen. Die Arbeit in den Fabriken hier ist hart und anstrengend. Wenn ich also zwei Jobs gleichzeitig oder viele Überstunden machen will, brauche ich Mara, die mir den Haushalt führt. Ich bitte Euch also um Eure

Hilfe. Ein Agent, ein guter Bekannter von mir, fährt demnächst nach Hause. Er wird nur ein paar Wochen bleiben. Er soll Mara auf der Rückreise mitnehmen. Mit ihm ist alles abgeklärt, und das Ticket ist auch bezahlt. Nur einige wenige Dinge müssen noch für Mara geregelt werden. Sie braucht einen Reisepass und ein paar Sachen für die Reise. Kopf hoch, Euer Junge aus Naka führt Großes im Schilde und wird Euch nicht enttäuschen. Der Friede sei mit Euch, bei allen Göttern. Euer Akobi.« Soweit Akobis Brief.

Der Brief wurde in unsere Landessprache übersetzt und dem ganzen Dorf kundgetan. Sehr bald schwebte ganz Naka erneut im Akobi-Fieber und zwei junge Frauen landeten aus dem siebten Himmel direkt im Meer der Tränen, da der Häuptling Zweifel hegte, ob er sie überhaupt heiraten sollte.

Meine Mutter hatte nie einen eigenen Koffer besessen. Da ich aber schon die Schmiergelder für den Reisepass zusammenkratzen mußte, versprach sie, einige ihrer Erbstücke, kostbare Perlen, zu versetzen und mir vom Erlös einen Koffer zu kaufen. Meine Schwestern versprachen, auch etwas zu den Schmiergeldern beizusteuern. Akobis Familie nahm unsere beiden Söhne in Obhut. Ich mußte sparen und verzichtete von nun an auf den Nähunterricht. Außerdem konnte ich ja, wie Madame Anaba sich ausdrückte, »psychedelisches Nähen in Europa weiterlernen«. Als Abschiedsgeschenk vermachte sie mir zwei rote Kleider. Auch Mama Kiosk legte sich meinetwegen ins Zeug. Sie machte Alhaji die Hölle heiß, der meinte, an unserem Dach herumreparieren zu müssen. Am Ende sparte ich auch dieses Geld. Alhaji zeigte sich verärgert und verunsichert durch diesen unverschämten Angriff auf seine Autorität. Er wollte mich schon in der nächsten Woche nicht mehr in seinem »Haus« haben. Am Abend kam er noch einmal zu mir. Ich erkannte ihn kaum wieder. Er bat mich ganz freundlich, ihm die vorherige Drohung nicht krumm zu nehmen. Was war geschehen? Hatte er sich von Saulus zum Paulus gewandelt? Denkste! Er hatte inzwischen erfahren, daß mein Mann in Europa weilte und ich

drauf und dran war, ihm zu folgen. Die nächste Mieterhöhung würde er vor den Nachmietern etwa so begründen: »Zwei meiner früheren Mieter sind sogar nach Europa gegangen.« Das klang, als ob uns das Leben in diesem verrosteten Blechverschlag das Tor nach Europa geöffnet hätte. Manchmal nahm er es eben nicht so genau, der gute Alhaji. Jetzt begannen meine täglichen Besuche auf der Passbehörde. Ich mußte wieder an meine Mutter herantreten und sie bitten, weitere Perlen zu versetzen. Ein teiggesichtiger Beamter wollte mit mir schlafen, bevor er das Verfahren soweit vorantrieb, daß es überhaupt an die Stelle kam, für die ich Schmiergelder einkalkuliert hatte. Ein unerwartetes Hindernis, das meinen Kragen platzen ließ: »Ist Ihnen eigentlich klar, mit wem Sie reden? Mein Mann ist in Europa, verstehen Sie. In Eu-ro-pa! Und ich fahre jetzt zu ihm. Also unterstehen Sie sich, so mit mir zu sprechen.«
Das Teiggesicht wartete ruhig ab, bis ich mich ausgetobt hatte und bemerkte dann ganz ungerührt: »Sie wollen, daß ihr Antrag über meinen Schreibtisch geht. Das kostet was!« Gleichzeitig schob er das Formular unter einen Stapel anderer Formulare.
So war das also! Ich war mir zu schade, mit ihm zu schlafen, weil mein Mann in Europa lebte und ich ihm bald dahin folgen würde. Also mußte ich das tun, was alle feinen Leute und alle, die es gerne wären, tun: ein paar Mäuse springen lassen. Also zahlte ich. Schließlich mußte ich feststellen, daß die Summe meiner Schmiergelder meine Familie in Naka ungefähr ein Jahr ernährt hätte. Aber, was sollte es? Ich bekam, worauf es mir ankam, meinen Reisepass. Jetzt konnten die fieberhaften Vorbereitungen auf die Reise und das Wiedersehen mit Akobi beginnen.

Grenzgänger

Jetzt ging ich also auch nach Europa. Dies tat dem Ansehen meiner Familie im Dorf so gut, daß meine Mutter selbst den Verlust ihrer Perlen leicht verschmerzte. Die Menschen begegneten ihr plötzlich unter tiefen, respektvollen Verbeugungen. Die Mütter trichterten ihren Kindern ein, meine beiden Söhne beim Spielen anständig und vorsichtig zu behandeln. In der Stadt ließ Esiama durch Mama Kiosk ausrichten, unser Streit sei jetzt vergeben und vergessen. Sie und ihr Liebhaber wollten meine Hand schütteln. Natürlich nur, wenn mir meine Reisevorbereitungen Zeit dazu ließen. Eines Nachmittags streifte ich über den Rastplatz, eigentlich nur, um dort, wo ja alle von meiner bevorstehenden Reise wußten, ein wenig anzugeben. Und siehe da, Esiama kam auf mich zu und begrüßte mich herzlich. Ihr Typ bot mir sogar eine Flasche kühles Bier an. Nicht weniger kühl entgegnete ich, diese Sorte sei mir zu bitter. Tatsächlich aber fürchtete ich, dieses Bier würde er mir eines Tages unter die Nase reiben.

Eines hatte ich allerdings in kürzester Zeit gelernt: Meine Welt stand Kopf, Europa veränderte sie auf wundersame Weise. Ich kostete es aus bis zur bitteren Neige und genoß jede Minute. So wie sich die Einstellungen der Menschen änderten, gewann ich an Selbstvertrauen. Das ging so weit, daß ich es sogar wagte, um das Regierungsgelände herum spazieren zu gehen, im knallroten Kleid und mit Sommersandalen. Meine Haare Afro-gestylt, die Zöpfe hatten ausgedient. Das hätte ich mich früher nie und nimmer getraut.

Bei Mpoipoi, Göttin der Schönheit, wenn mir diese Comfort jetzt unter die Augen getreten wäre! Jetzt hätte ich ihr ganz tief in die Augen sehen wollen. Wahrscheinlich saß sie gerade da oben in einem der vielen Büros, hinter ihrer schäbigen Schreibmaschine und dachte an ihre letzten Tage mit meinem Ehemann Akobi. Ich spürte große Genugtuung, ein abschätziges Lächeln auf den Lippen. Die Stunde der Wahrheit war gekommen und es zeigte sich, wer Akobis Frau war. Das würde ich ihr ins Gesicht sagen, wenn ich sie nur noch vor dem Abflug in die Finger bekäme. Ich platzte fast vor Selbstvertrauen und trug die Nase ganz hoch. Man konnte mir das Selbstvertrauen wohl ansehen. Als mich einige dieser Büro-Schönheiten, mit ihren grünen, violetten und blauen Lidschatten und scharlachroten Lippen sogar grüßten, zuckte ich nicht einmal zusammen. Noch vor kurzem wäre ich vor diesen Frauen noch in den Boden gesunken. Ich, die nicht Lesen und Schreiben konnte, war mit Leib und Seele eine moderne Frau geworden. Eine europäische Frauen-Imitation voll imitiertem, verlogenem Glücksgefühl. Doch ich fühlte mich wie neugeboren.

Wenige Tage vor meiner Abreise besuchte ich widerwillig den Medizinmann. Eigentlich fand ich es für eine moderne, zivilisierte Person wie mich reichlich unpassend. Meine Mutter bestand jedoch darauf. Es sei besser, rechtzeitig hinzugehen als zum Beispiel in letzter Minute das Händeschütteln auf dem Flughafen verboten zu bekommen, oder was es in meinem Fall auch immer sein könnte. Also ging ich hin.

Welch ein Brimborium! Nachdem ich die geforderte Flasche London Dry Gin und die fette, weiße Rassehenne abgeliefert hatte, bedeckte mich der Medizinmann vom Scheitel bis an die Zehenspitzen mit weißem Puder. Dann verlängerte er eine Mixtur aus zerstampften Kräutern und Innereien mir unbekannter wilder Tiere mit Wasser und ließ mich davon eine ganze Kalabasche trinken. Pfui Teufel! Auf meinem eingepuderten Körper verrieb er dann klebrigen Eidotter. Dann mußte ich noch geschlagene zwölf Stunden, vielleicht sogar länger, auf dem Boden liegen bleiben. Er ging zwischendurch Essen und fand, wie ich später erfuhr, Zeit für eine flotte Nummer mit seiner jüngsten Frau. Er kehrte zurück, schlug mich ein paar mal leicht mit seiner Ziegenschwanz-Rute, befahl mir aufzustehen und teilte mir mit, daß, bei allen seinen Zauberkräften, mir in Europa überhaupt nichts Schlimmes widerfahren könnte. Dort würde alles wie am Schnürchen laufen. Als armes Mädchen würde ich dorthin gehen, vermögend heimkehren und Naka zur Ehre gereichen, prophezeite er. Ich glaubte ihm. Meine Mutter glaubte ihm. Alle im Dorf glaubten ihm.

In der Nacht vor meiner Abreise konnte ich nicht schlafen. Schloß ich meine Augen, begann ich schreckliches, wirres Zeug zu träumen. Das machte mir Angst. Am nächsten Morgen erinnerte ich mich noch an einen riesigen, völlig vernebelten Raum. Nichts war zu sehen, nichts zu hören. Plötzlich aber fing jemand an, lauthals zu lachen. Es war Akobis Lachen. Plötzlich war ich umringt von verschiedenen Gesichtern, die mich durch den Nebel hindurch angafften... Ich schlug die Augen auf und schloß sie nicht wieder, bis ich aufstand, um für den Agenten bereit zu sein, der mich pünktlich um sieben Uhr abholte.

Viele waren nicht zum Flughafen gekommen. Meine Mutter blieb meiner Söhne zuliebe daheim. Für die beiden, meinte meine Mutter, sei der Weg hin und zurück wohl zu anstrengend. Mein Vater kam nicht, weil ich es nicht wollte. Deshalb hatte ich ihm die genaue Abflugszeit gar nicht mitgeteilt. Nur zwei meiner Schwestern waren gekommen, der Bedeutung des erhebenden Ereignisses angemessen, in schneeweiße Kleider gehüllt. Ich trug eine Jeans-Hose. Es war die allererste Jeans... nein, überhaupt die allererste Hose meines Lebens. Das war ein Riesengefühl! Die Hose hatte ich wie alles, was ich am Körper trug – das Sweatshirt, den Pullover, die Adidas-Sportschuhe, die Socken – von meinem Agenten bekommen, verbunden mit Akobis besten Empfehlungen. Nun waren wir aber noch in Afrika, und ich schwitzte erbärmlich in meiner Montur, schwitzte die Schweißperlen des Hochmutes. Die Aufregung, nach Europa unterwegs zu sein, heizte mir mindestens ebenso ein wie das Sweatshirt. Als dann endlich die Passagiere des Fluges aufgerufen wurden, fühlte ich mein Herz in die Hose rutschen.

Der langersehnte Moment war gekommen. Ich umarmte meine beiden Schwestern. Mama Kiosk riß mich stürmisch an ihren üppigen Busen und hielt mich fest, bis sie bemerkte, daß mein

Agent langsam ungeduldig wurde. Dann war ich plötzlich allein. Ich hatte sie alle hinter mir gelassen und folgte meinem Agenten.
Bei der Ausreisekontrolle gab es keine Probleme. Ein Beamter saß allein hinter seinem Pult und drohte, wegen eines längst abgelaufenen Impftermins meines Agenten Schwierigkeiten zu machen. Eine Fünf-Pfund-Note, die mein Agent ihm sanft in die Hand drückte, bereinigte die Mißverständnisse. Die Miene des Beamten hellte sich auf. Die Augen begannen zu leuchten, als er bemerkte, daß er kein heimisches Papiergeld, sondern harte Westwährung in der Hand hielt, die – schwarz getauscht natürlich – ihn und seine Familie für eine halbe Ewigkeit ernähren würde. Mein Agent verstand sein Geschäft. Er pendelte fast ständig zwischen Afrika und Europa hin und her. Seine Geldgeber waren Männer, die ihre Ehefrauen oder Freundinnen ohne gültiges Visum nach Europa schmuggeln wollten. Ein gefährliches, munteres und lukratives Geschäft, das ihm ein wunderschönes Eigenheim im küstennahen Viertel der Stadt eingebracht hatte. Er nannte vier Lieferwagen und all die hochgeschätzten Produkte der gesegneten Zivilisation sein eigen: Fernseher, Radio, Kühlschrank..., er besaß diese Dinge und vieles mehr. Sein Jet-Set-Dasein genoß er umso mehr, als für all seine Flugtickets die Kundschaft aufzukommen hatte. Akobi zum Beispiel zahlte ihm Hin- und Rückflug, dazu kam mein Ticket und natürlich der Arbeitslohn des Agenten. Dafür hatte dieser nichts weiter zu tun, als mich durch die Kontrollen in der Heimat und später durch die Einwanderungsbehörde in Ost-Berlin zu schleusen. Als wir die verschiedenen Durchsuchungsbeamten passiert hatten, wurden wir schließlich in nach Geschlechtern getrennten Kabinen der Endkontrolle unterzogen. Mein Agent wartete schon auf mich, als ich heraustrat, und gemeinsam bestiegen wir die Via Mobile zum Flughafenbus, der uns direkt bis zur Gangway brachte.
Meine Schweißausbrüche wurden durch eine Gänsehaut abgelöst, als wir uns dem Flugzeug näherten. Ich zitterte vor Ent-

zücken. »Ich fliege nach Europa!« Hey Leute, überall auf der Welt, sperrt die Ohren auf: »Nach Europa!« Auf der untersten Stufe der Gangway, wandte ich meinen Blick ein letztes Mal den Zurückbleibenden zu. Ich winkte ihnen, obwohl ich aus der Entfernung keine meiner Schwestern erkennen konnte. Die Leute winkten zurück, denn jeder winkte unterschiedslos jedem. Es kam nur darauf an, daß gewunken wurde. Als ich genug davon hatte, begann ich meine Himmelsleiter, die Gangway, zu erklimmen.

An der Tür lächelte eine hübsche, blonde Stewardess. Es war nicht schlimm, daß ich ihre Worte nicht verstand. Der Agent an meiner Seite gab höflich Antwort. Er ergriff meinen Arm, führte mich zu meinem Platz in der geräumigen Aeroflot-Maschine. Auch jetzt blickte ich ständig neugierig über meine Schulter, denn ich hatte noch niemals ein Flugzeug von innen gesehen. Wir standen zwar noch mit allen Rädern auf dem Erdboden, doch schon jetzt kam es mir vor, als ob ich fliegen würde. Mir entging niemand, der nach uns hereinkam, denn ich ließ meine Augen nicht von der Tür, bis der letzte Passagier und die Stewardess eingetreten waren.

Die Tür wurde geschlossen, und wir wurden Gefangene dieses riesigen, fliegenden Hohlraums. Dann wurde so manches erklärt und demonstriert. Nichts davon verstand ich. Doch keine Panik, ich hatte ja meinen Agenten. Er half mir, mich anzuschnallen und versprach, daß es bald losgehen würde. So war es dann auch. Als mein Magen in die Hose zu sinken schien, wurde mir klar, daß wir uns aus Mutter Erdes sicherer Umarmung gelöst und unser Schicksal nun der Gnade des Himmels anvertraut hatten. Jetzt gab es kein Zurück auf meinem Weg in das Land des weißen Mannes.

Mit eigenen Augen würde ich das Land sehen, das sonst nur die Ärzte und Gelehrten zu Gesicht bekamen. Das Land, das die Verwaltungsbonzen mit Gattinnen und Geliebten bereisten. Das Land, von dem ich einst nicht einmal zu träumen wagte, weil es mir zu weit entfernt und dem Himmel so nahe schien.

Meine Füße würden dieses Land betreten, noch bevor ein neuer Tag anbrach. Welch psychedelisches Gefühl!
Wir glitten dahin, die Zeit glitt dahin. Ich schlief ein wenig, wachte auf und bekam etwas zu essen. Dann gab es einen Film, den ich nicht verstand. Schließlich schlief ich wieder ein. Dann blieb ich wach, bis wir auf dem Flughafen Berlin-Schönefeld aufsetzten.
Auch hier gab es keinerlei Probleme bei der Einreise. Ich nahm an, ein Transitvisum zu besitzen, wenngleich ich daheim niemals in der Botschaft der DDR vorstellig geworden war. Nun, wie gesagt, mein Agent verstand sein Geschäft.
Viele Mitreisende gaben einigen DDR-Beamten Geld und verschwanden dann in eine bestimmte Richtung. Ich wollte von meinem Agenten wissen, warum nicht auch wir mitgingen. »Die haben auch kein Visum für Westdeutschland«, antwortete er sichtlich belustigt, »aber ihre Agenten sind billig und schlecht. Die finden sich im Flüchtlingslager wieder.« Dabei grinste er einen anderen Afrikaner an, der inzwischen aufgetaucht war. Der Typ grinste zurück. Er trat auf uns zu und schüttelte meinem Agenten heftig die Hand. Dann nahm er diesen zur Seite, offensichtlich, um zu beraten. Als sie zurückkehrten, wollte ich wissen, ob Akobi nicht hergekommen sei. »Wir sind noch nicht da, wo Ihr Mann ist«, bekam ich zur Antwort. Ich fragte erneut nach dem Verbleib unserer Weggenossen. »Die bitten jetzt um politisches Asyl«, antwortete mein Agent. Er erklärte es mir ausführlich, als er merkte, daß ich es nicht genau verstand, nicht ohne hinzuzufügen: »Die landen in einem Lager, in dem es schlimmer zugeht als bei ihren Urahnen im Busch. Ihr Mann hat es wohl besser mit ihnen gemeint.« Nun grinste er wieder. Ich weiß nicht warum, aber dieses Grinsen verunsicherte mich und dämpfte meinen Wunsch, weitere Fragen zu stellen. Dann nahm er mir den Reisepass ab. Zu dritt kamen wir dann zu einem Bahnhof. Den Reisepass hatte er in einer kleinen Tragetasche verschwinden lassen, die der noch immer anonyme dritte Mann mit sich führte. Damit verschwand

dann der Agent auf der Bahnhofstoilette. Wenige Minuten später kam er direkt auf mich zu und gab mir einen Pass. Mein Pass war das nicht, wie ich sofort feststellte. Dieser hier war wesentlich älter und mit vielen Sichtvisa versehen. Aber die Frau auf dem Foto, von dem man im allgemeinen annehmen sollte, daß es die Besitzerin des Passes zeigte, sah mir frappierend ähnlich. Sie hätte meine Schwester sein können. Nun erfuhr ich, daß ich mit diesem Dokument den Schlüssel zum goldenen Westen in der Hand hielt.

»In den Augen der Deutschen«, begann der unbekannte Dritte, unter zynischem Lachen, »ist ein Neger wie der andere. Schwarzes Gesicht, lockiges Haar, Wulstlippen. Sollen sie ruhig! Wir ziehen daraus unseren Vorteil.«

»Ich verstehe immer noch nicht, wieso ich diesen Pass brauche«, beschwerte ich mich.

»Weil die Frau auf dem Foto eine Aufenthaltserlaubnis für wenigstens fünf Jahre auf dem Gebiet der Bundesrepublik Deutschland besitzt. Sie hat so einen armen, kaputten Junky geheiratet«, bekam ich zur Antwort. »Wir tun jetzt so, als wären Sie von West-Berlin nach Ost-Berlin gekommen, sagen wir mal, um sich hier 'nen schönen Tag zu machen. Und jetzt fahren Sie zurück. Ist doch ganz einfach! Aber wenn Sie auch ins Flüchtlingslager wollen, brauchen Sie es nur zu sagen. Noch kann ich Sie in einen der Busse dahinten setzen. Dann müssen Sie am Checkpoint Charlie erzählen, in ihrer Heimat politisch verfolgt zu werden, und im guten, alten Westdeutschland um Asyl bitten. Ist es das, was Sie wollen? Wollen Sie denn Ihren Mann gar nicht wiedersehen?«

»Ob ich meinen Mann nicht sehen will?« rief ich aufgeregt, »Und ob ich den sehen will!« stieß ich hervor. Der unbekannnte Dritte lachte herzhaft: »Schön, dann tun Sie, was wir Ihnen sagen. Bleiben Sie bei den Kontrollen ganz ruhig, sonst schaden Sie sich selbst. Und nicht vergessen, das da ist *Ihr* Reisepass. Denken Sie daran! Bis ich Ihnen den eigenen zurückgebe, ist der Pass Ihr Pass.« – »Ja, ja, gut«, murmelte ich.

»Wir machen das hier nicht zum ersten Mal, und man muß wirklich keine Angst davor haben. Durch diese Methode vermeidet man schließlich Komplikationen. Darum geht's!« fügte er hinzu, als er sah, daß mein Gesicht noch immer leichte Zweifel offenbarte.
Wie recht er doch hatte! Der Grenzkontrolleur sah mir ins Gesicht, er sah auf das Paßbild, er blätterte flüchtig den Pass durch. Der Unterschied zwischen meinem Gesicht und dem auf dem Paßbild war sehr klein, aber durchaus offensichtlich. Beispielsweise stimmte der Haaransatz nicht überein. Dies störte ihn ebensowenig wie die Tatsache, daß die Frau auf dem Bild zwei Löcher im rechten Ohr hatte und nicht je ein Loch in beiden wie ich. Vielmehr schien ihn die Frage zu quälen, weshalb ich einen Deutschen geheiratet hatte und nicht einen Afrikaner. Ob ich nach Ablauf der fünf Jahre weiterhin in seiner deutschen Heimat bleiben mochte und ob es für mich nicht besser wäre, nach Afrika zurückzukehren, wollte er wissen. »Deutschland ist doch furchtbar kalt, finden Sie nicht?«
Ich finde es immer rührend, wenn sich jemand so sehr um mich sorgt. Doch tatsächlich wird er wohl geseufzt haben: »Ach du meine Güte! Schon wieder eine Primitive, die sich bei uns breit macht. Es dauert nicht lange, und wir ersticken an unerwünschten, braunen Bälgern.« Kein Wunder, daß mein Agent und sein Kumpel ihrer Sache so sicher gewesen waren. Die kannten ihre Pappenheimer! Wie versprochen kam ich also ohne Komplikationen, ohne Antrag auf politisches Asyl, in den Westen.
Alles schön und gut, doch wo steckte Akobi? Er hatte mich doch sicher genauso vermißt wie ich ihn. Würde nicht auch er es kaum abwarten können, daß wir uns wiedersahen?
Da sage einer, wer gekochte Eier auf dem LKW-Rastplatz verkauft, habe keinen Sinn für Romantik! Ich hatte nicht nur Sinn dafür, ich ersehnte und erwartete sie geradezu. Deshalb hatte mich der Lauf der Dinge bislang auch bitter enttäuscht. Das konnte ich nicht verhehlen, und deshalb fragte ich abermals nach Akobi.

»Sie werden ihren Mann sehen... wenn Sie ihn sehen«, zischte mein Agent, dessen Geduld so ziemlich am Ende war. Ich hatte verstanden und fragte nicht mehr weiter. Wir bewegten uns kreuz und quer durch die Stadt, bis wir zu einem Appartement kamen, in dem wir von einigen anderen Afrikanern stürmisch und lärmend in Empfang genommen wurden. Es gab reichlich zu essen. Dann ging es zu einer Bahnstation, von der ich nicht so recht wußte, ob es dieselbe war, an der wir zuvor angekommen waren. Für mich sah hier alles gleich aus. Und die Leute sahen ganz besonders gleich aus. Die jungen Frauen hatten blonde oder dunkle Haare, aber sonst? Die Männer, die Alten, die Kinder wiesen auch nicht mehr Unterscheidungsmerkmale auf. Jetzt konnte ich auch dem deutschen Grenzbeamten gut nachfühlen.

Mein Agent überließ mich jetzt endgültig der Obhut des unbekannten Dritten. Als wir nun unter uns waren, stellte er sich unter dem Namen Osey vor. Er werde mich mit der Eisenbahn nach Hamburg bringen, wo mein Mann lebte. Es war irgendwann in der Nacht. Bis zur Abfahrt des Zuges seien es noch fast drei Stunden, sagte Osey. Er brachte uns Brote, die mit einer eigenartigen Wurst belegt waren. Diese Sorte hatte ich noch nie gesehen, geschweige denn gegessen, doch der Hunger trieb sie 'rein. Eines solle ich niemals vergessen, trichterte mir Osey ein: »Deutschland besteht aus sechs Dingen, nicht mehr als sechs Dingen: Kniebundhosen, Jägerhüten, Würsten, Pumpernickel, Bier und Mercedes Benz-Autos. Das darfst du nie vergessen, niemals, hörst du?« Und er lachte aus vollem Hals. »Wir haben noch Zeit. Wir können uns noch einen Film ansehen«, schlug er zu meiner Überraschung vor. Ehe ich mich versah, schleifte er mich mit.

Meine Güte, war das ein Film! Ich kannte ja etliche Filme. Schließlich hatte ich ja mit meinem Bauchladen vor den Kinos herumgestanden, was nicht selten mit einer Freivorstellung für mich endete. Aber in diesen Film hier konnte mich nur ein Verrückter locken. Dieser Osey war nicht ganz richtig! Selbstverständlich verstand ich kein Wort, aber das war auch gar nicht nötig. Um zu kapieren, was sich da vor meiner Nase abspielte, mußte ich nun wirklich kein Deutsch können. Vor dem Eingang hatte Osey noch gesagt, dies sei ein Action-Film und quasi sein Willkommensgruß an mich. Ich hatte dabei an John Wayne gedacht, den einzigen Namen, der sich in meinem Gedächtnis festgekrallt hatte. Zu Hause dachte jeder bei dem Wort Action-Film automatisch an John Wayne. Diese Art von Action hatte ich aber nicht erwartet. Ganz offenkundig verstand Osey unter Action-Film etwas ganz anderes als ich. Diese Sorte Action erschien mir ganz entsetzlich und ließ mich mit hochrotem Kopf und staunend geöffnetem Mund immer tiefer in den Kinosessel sinken. Auf der Leinwand tummelten sich Frauen und Männer, zusammen vielleicht fünfzehn, darunter auch schwarze Frauen, Afrikanerinnen, und trieben es... ja, sie trieben es mitten auf der Leinwand. Wirklich, sie machten es auf der Leinwand vor allen Leuten. Sie schienen sich auch kein bißchen dafür zu schämen.

Das war ein Schock für mich. Mein erster Schock, mein erster Horror, meine Anfängerlektion. Erstmals dämmerte es mir, in welch fremder Gesellschaft ich gelandet war, einer Gesellschaft, die den Dingen ganz andere Bedeutungen beimaß, als ich es gewohnt war. Zu Hause mochte man mit dem Wort Action-Film John Wayne verbinden, der sich mit Händen und Füßen durch die Weltgeschichte prügelte, aufs Pferd und wieder herunter sprang, seinen Cowboyhut durch die Prärie schwenkte und wild die Kugeln peitschen ließ. Dieser Action-Film à la Osey jedoch war die blanke Obszönität. Als ich ihm riet, sich zu schämen, an solche Sachen auch nur zu denken, ging er gleich in die Offensive. Ich hätte meine primitiven Vorstellungen besser daheim lassen sollen, denn ich würde jetzt in der Zivilisation leben, fuhr er mich an. Ob ich denn so blind sei, nicht zu erkennen, daß auch die beiden hübschen Afrikanerinnen auf der Leinwand an den schrankenlosen Freiheiten der zivilisierten Welt ihr Vergnügen gehabt hätten, fragte er mich noch in sarkastischem Tonfall. Nicht weniger sarkastisch gab ich zurück: »Gott sei Dank bin ich nicht blind... alles habe ich gesehen... ohne Ausnahme.«

Affengesicht

Wir kehrten zum Warteraum zurück. Wir hätten jetzt noch eine Viertelstunde bis zur Abfahrt und könnten uns direkt zum Zug begeben, erklärte Osey.
Die Fahrgäste stiegen schon ein. Also stiegen auch wir ein und belegten ein Abteil, in dem schon eine grau gekleidete, ältere Dame mit rotem Hut saß.
Wir nahmen zwei der drei Sitze ihr gegenüber in Beschlag. Osey grüßte höflich, sie erwiderte den Gruß höflich mit einem Lächeln, das allerdings ein wenig gekünstelt wirkte. Der Zug setzte sich in Bewegung. Wir waren noch immer zu dritt. Die Frau mußte sich damit abfinden, daß wohl niemand mehr hinzukommem würde und ihr nun eine Reise allein mit zwei Schwarzen im Abteil bevorstehen würde.
Sie wurde plötzlich ganz unruhig und begann zu hüsteln. Osey hatte das bemerkt und grinste wie ein Honigkuchenpferd. Das brachte die Frau offensichtlich völlig aus dem Konzept. Das Papiertaschentuch fiel ihr aus der Hand, die Handtasche fiel auf den Boden, die Brille rutschte von der Nase. Und Osey hörte nicht auf, sie breit und frech anzugrinsen, während ich Dummchen danebensaß und nicht verstand, was Osey im Schilde führte.
Bevor wir Platz nahmen, hatten wir einen Blick in mehrere andere Abteile geworfen. Das hätte mir zu denken geben sollen. Osey grinste frech weiter. Die Frau bekam einen puterroten Kopf und ihr Gesicht verzog sich zur Grimasse. Dann, zumindest für mich völlig unerwartet, begann sie ihre Sachen zu packen. Osey grinste weiter. Sie legte ihre Zeitung zusammen und steckte sie in die Tasche auf dem Sitz neben sich. Sie setzte ihren Hut auf, erhob sich, nahm den grauen Mantel vom Haken, zog ihre kleinen Koffer aus dem Gepäcknetz, legte den Mantel über den Arm, griff nach ihrer Tasche und schlich, verfolgt von Oseys permanentem Grinsen, aus dem Abteil.
»Is' was mit mir?« fragte ich verwirrt.

»Mit dir ist gar nichts«, antwortete der noch immer grinsende Osey.
»Is' denn was mit dir?«
»Mit mir ist auch nichts, ich hab' nur gegrinst«, bemerkte Osey und grinste nun mich an, wobei die Mundwinkel inzwischen fast die Ohrläppchen erreicht hatten. Damit wußte ich auch nicht mehr.
»Also, warum ist sie gegangen?« bohrte ich nach.
»Ihr war das Affengesicht nicht geheuer«, sprach der grinsende Osey.
»Welches Affengesicht?«
»Na, mein Affengesicht«, lachte er laut heraus.
»Du hast ein Affengesicht?« fragte ich naiv.
»Nee, aber für die ist mein Gesicht ein Affengesicht«, räumte er ein und lachte erneut, worauf sich mir die Frage aufdrängte: »Und darüber kannst du lachen?«
»Soll ich etwa weinen?« antwortete Osey.
Wieder begann er zu lachen. Plötzlich riß jemand die Abteiltür auf, schob den Kopf herein und fragte auf englisch, ob noch Plätze frei wären.
»Leider nein«, erwiderte Osey zu meiner Verblüffung, »unsere Brüder und Schwestern, Papa, Mama, Opa und Oma, sind kurz auf dem Klo. Die kommen gleich zurück!« Osey grinste weiter. Tja, Oseys Grinsen verunsicherte jeden, auch die Frau in der Abteiltür, glaube ich. Sie sah Osey verdutzt und fragend an, zog ruckartig den Kopf zurück und verschwand. Diese seltsame Begegnung mit einem grinsenden afrikanischen Gorilla blieb ihr sicherlich im Gedächtnis haften.
Es vergingen vielleicht zehn Minuten bis der Schaffner hereinkam, um die Karten, die Osey ihm entgegenhielt, zu kontrollieren. Er musterte uns kritisch, während er die Fahrscheine entwertete. Er gab Osey die Karten zurück und hatte es dann offensichtlich eilig davonzukommen. Die Schiebetür ließ er halb geöffnet. Kurz darauf stand Osey auf und drückte sie ganz zu. Dann wandte er sich mir zu und grinste schon wieder. Ich

konnte mir nicht helfen. Irgendetwas an seinem Grinsen war mir zuwider – und mein Gefühl sollte mich nicht täuschen. Osey grinste ohne Unterlaß weiter. Ich stellte mir heimlich die Frage, wie er vor lauter Grinsen überhaupt Zeit zum Atmen fand. Er sah mir tief in die Augen und fragte mich scheinbar beiläufig: »Hast du noch 'was unter dem Sweatshirt?«
»Wie bitte...? Wie war das?« stammelte ich, in der Hoffnung, mich verhört zu haben.
»Was trägst du unter diesem Sweatshirt?«, formulierte er seine Frage aufs Neue, noch immer ohne spürbare Regung.
»Ein Hemdchen. Wieso?«, entgegnete ich verdutzt.
»Und unter der Jeans?«
»Wie?«
»Deine Jeans. Ich will wissen, was du darunter trägst. Aber ich kann natürlich auch gerne nachsehen.«
Ich sprang auf wie von der Tarantel gestochen: »Was soll das? Was soll diese dämliche Fragerei? Du hast wohl vergessen, wer ich bin.«
»Das habe ich natürlich keineswegs vergessen, mein Engel«, antwortete er in falscher, übertriebener Höflichkeit, »na, wie könnte ich denn?« Sein albernes Kichern erinnerte mich an schüchterne, kleine Mädchen vor ihrem ersten Rendevouz. Ich kam mir ziemlich blöd und veralbert vor. Jedenfalls hatte ihn meine Reaktion offensichtlich nicht sonderlich beeindruckt.
»Osey, ich sag's meinem Mann, wenn du nicht auf der Stelle Vernunft annimmst!«
»Ach Engelchen«, erwiderte er grinsend, »dein Mann, weißt du..., dein Mann, das ist mein bester Freund.«
»Na und«, fuhr ich ihn an, »trotzdem werde ich's ihm stecken, wenn du dich jetzt nicht benehmen kannst. Dann ist es vielleicht aus mit der Freundschaft. Wundere dich nicht! Ich mache ernst.«
Oseys Lippen verformten sich zu einem verschlagenen Lächeln, das wohl so etwas ausdrücken sollte wie: »Du armes, törichtes, naives Ding«.

Er zuckte gleichgültig mit den Schultern und befahl mir lustlos: »Setz dich wieder hin.« Ich gehorchte und wischte meine schweißnassen Hände an der Hose ab. Zufrieden stellte ich fest, ihn in seine Schranken gewiesen zu haben. Doch hatte ich die Rechnung ohne den Wirt gemacht. Ohne Vorwarnung grapschte Osey plötzlich unter mein Sweatshirt. Ich schoß hoch wie eine Rakete. Ich war perplex und dermaßen sauer, daß ich ihn zuerst nur voller Verachtung anstarrte. Ich hätte keinen Ton herausgebracht. Dazu ließ er es auch gar nicht kommen. »Mädchen, setz' dich wieder hin und spar dir das Affentheater. Ich habe dich ja nicht gebissen«, wiegelte er sofort ab und machte eine abschätzige Handbewegung. Es war die gelangweilte Stimme eines Mannes, der unter der Gesellschaft der einfältigsten und uninteressantesten Frau der Welt zu leiden hatte.

Auch ein wenig Verärgerung schwang in dieser Stimme mit, was mich, wie ich zugeben muß, besonders verwunderte. Wenn hier jemand Grund hatte, sauer zu sein, war ich es ja wohl und nicht er. Aber Osey war wirklich sauer auf mich und ich verstand die Welt nicht mehr: Der Typ, der sich als bester Freund meines Ehemannes vorgestellt hatte, wollte mir unter die Wäsche. Er spielte den Beleidigten, weil ich nicht mitspielte und drohte, die Sache weiterzuerzählen. Und schließlich hatte er noch die Stirn, von einem Affentheater zu reden. Also, alles was recht war! Mir stand's bis obenhin. Hatte Akobi ihm vielleicht geraten, so mit mir umzuspringen?

»Hat mein Mann dir vielleicht gesagt, daß du dich so benehmen sollst?« fragte ich ihn schließlich. Osey schien sich keiner Schuld bewußt. Er grinste hochmütig vor sich hin: »Cobby bezahlt mich dafür, dich von Ost-Berlin nach Hamburg zu bringen.«

Während ich mich noch über seine Selbstgefälligkeit und Arroganz ärgerte, beschäftigte mich schon wieder eine neue Frage: »He, warte mal, was hast du eben gesagt? Cobby? Was soll das denn sein?«

»Cobby?« wiederholte er höhnisch »jetzt sag bloß, mein Engel,

du weißt nichts davon? Tja, tja, tja...«, er wiegte seinen Kopf ganz langsam hin und her, »das hat er dir also auch nicht verraten. Cobby ist dein Mann, Cobby ist Akobi. So nennt er sich jetzt, weil er meint, das klinge zivilisierter. Hm, eigentlich finde ich das auch. Und du? Es klingt schärfer, wenn du verstehst, was ich damit sagen will. Akobi klingt nach Busch, primitiv, wie soll ich sagen, auch... afrikanisch. Oder bist du anderer Meinung? Darum hat er sich so einen, man könnte sagen, europäischen Touch gegeben. Damit liegt er auch richtig. Das meinst du doch sicher auch, oder?«
Wollte der mich veräppeln? Mich hochnehmen? Der wollte wohl mit mir sein Späßchen treiben, mich für meine Naivität büßen lassen. Und als ob ich mit ihm nicht schon genug durchgemacht hätte, fügte er hinzu: »Gnädige Frau Akobi, Frauen über die Grenze zu schmuggeln ist mehr als nur ein Taschenspielertrick, das hat seinen Preis. Dein geliebter Cobby kennt die Regeln und hat bewußt nicht den vollen Preis gezahlt. Daher müßte eine Gratisnummer mit der gnädigen Frau schon drin sein. Alles klar?«
Ich starrte ihn mit weit aufgerissenen Augen an. Ich hatte ihn nicht verstanden. »Setz dich!« befahl er. Erst jetzt bemerkte ich, daß ich stand.
Ich setzte mich hin.
»Du brauchst keine Angst mehr zu haben«, fuhr er fort, »du bist mir schon so ein Hühnchen, 'siehst gar nicht mal übel aus. Doch du bist noch zu grün hinter den Ohren, und das verdirbt mir den Appetit. Nächstes Mal vielleicht. Irgendwann demnächst, wenn du ein bißchen Nachhilfe gehabt hast. Wenn du ein paar Fortschritte gemacht hast.«
»Fortschritte?« brüllte ich. »Nachhilfe? Was für Fortschritte?« Welch ein Tiefschlag! Ich mußte Fortschritte machen? Ich trug doch schon eine Jeans-Hose und ein Sweatshirt. Segeltuch-Schuhe von Adidas. Mein Haar afro-psychedelisch gestylt. Und ich, ausgerechnet ich, sollte noch Fortschritte machen, brauchte Nachhilfeunterricht?

»Was heißt da Fortschritte? Wieso Nachhilfe?« schrie ich erneut.
Er beachtete mich gar nicht. Den Rest der Bahnfahrt schwieg er beharrlich. Irgendwann döste er ein, und ich saß da, wie bestellt und nicht abgeholt. Erst als eine Ansage durch die Lautsprecher dröhnte, öffnete er träge die Augen. Dies sei Hamburg, verriet er mir, ich solle schon meine Wolljacke anziehen. Ich zog die Jacke an, machte mich ein wenig zurecht, strich mit zitterigen Fingern meine Augenbrauen glatt. Nur ein Gedanke spukte ständig durch meinen Kopf: Gleich wird dieser Alptraum vorbei sein. Gleich bist du hier 'raus, fällst Akobi in die Arme und alles ist in Ordnung.
Es sollte mein nächster Irrtum sein!
Osey hüpfte aus dem Zug, in der Hand nur seine Tragetasche. Er machte keinerlei Anstalten, mir mit dem Koffer behilflich zu sein. Aber das machte ja nichts. Gleich würde Akobi erscheinen. Der würde mir schon helfen! Na ja, dieser Osey war eben nicht nur ein Dummkopf. Für den war die Bezeichnung Affe schon ein Kosename. Dieser Gorilla-Heini!
Wir zwängten uns durch die Menschenmenge. Dabei begegneten wir mehreren anderen Afrikanerinnen und Afrikanern. Einige grüßte Osey im Vorübergehen, bei anderen blieb er stehen und wechselte ein paar Worte. Als wir ins Freie traten, wartete ich immer noch auf Akobi. Doch der war weit und breit nicht zu sehen. Ich wurde ungeduldig, wandelte am Rande der Verzweiflung.
»Ist Akobi gar nicht da?« Diese Frage konnte ich mir einfach nicht länger verkneifen. Die Anstrengung, seine Lippen zu öffnen und mir Antwort zu geben, schien Osey an die äußerste Grenze seiner Belastbarkeit und seiner Geduld zu bringen: »Cobby hat gerade keine Zeit. Wenn alles gut geht, kannst du ihn morgen abend sehen.« Diese Antwort tat mir sehr weh, und Osey wußte das genau.
Mein Herz schlug bis zum Hals. »Wo schlafe ich denn heute Nacht?« wollte ich wissen. Er winkte nur gleichgültig ab und

strebte schnellen Schrittes einem Taxi entgegen. Wir stiegen ein, ich mit meinem Koffer nach hinten auf den Rücksitz, Osey auf den Beifahrersitz. Die Fahrt führte durch breite, scheinbar endlose Straßen, vorbei an großen Gebäuden und Geschäften. All das hatte ich zu Hause schon oft gesehen, allerdings im Kino. Osey sprach einige Worte mit dem Taxifahrer, einem Typen, der mir vom ersten Augenblick an suspekt war. Seinen tiefgebräunten Oberkörper schien er in der Sonne geröstet zu haben. So erinnerte er mich fatal an die syrischen und libanesischen Einwanderer meiner Heimat, die Könige der Halbwelt und Korruption, die ihre zweifelhaften Geschäfte im Stile einer sizilianischen Mini-Mafia abwickelten. Von Osey erfuhr ich später, daß er Türke war und daß es hier genauso viele Türken gab, wie Syrer und Libanesen bei uns zu Hause. Allerdings bestünde da ein Unterschied: Die syrischen und libanesischen Einwanderer hätten uns Afrikaner zu Menschen zweiter Klasse gemacht. Hier jedoch wären die Einwanderer, die Türken, Menschen zweiter Klasse.

Dann mußte Osey dem Taxifahrer wohl etwas furchtbar Witziges erzählt haben. Das wird schon irre lustig gewesen sein, jedenfalls lachte der Mann plötzlich lauthals los und verteilte dabei seinen Speichel in alle Richtungen. Er schüttelte sich vor Lachen und musterte mich immer wieder kurz und verstohlen in seinem Rückspiegel. Völlig eingeschüchtert überlegte ich noch immer, was Osey ihm wohl erzählt haben mochte. Der Taxifahrer hatte sich noch immer nicht ganz beruhigt, als wir scharf um eine Ecke bogen und Osey mir plötzlich zurief: »Da, guck mal. Schau dir das mal an!«

Der Fahrer fuhr jetzt mit Absicht langsamer und schaute selbst hinaus. Er lachte immer noch, dieser gelbzahnige, fette Hanswurst. Dieser Osey war ja auch nicht besser. Ich kämpfte mit dem Brechreiz.

»Schau mal, Mara, lauter hübsche afrikanische Frauen wie du«, fuhr Osey vergnügt fort, »die machen, was ich im Zug mit dir machen wollte. Aber du hast mir ja den Appetit verdorben! Von

denen ist es natürlich nicht umsonst zu kriegen. Nicht gratis, wie ich es im Zug haben wollte und wie es dein Akobi damals zu Hause von dir gekriegt hat. Die lassen es sich bezahlen und werden reich dabei, verflucht reich. Die könnten dein Dorf samt Häuptling aufkaufen, wenn sie wollten.«
War dem denn gar nichts heilig? Osey befand sich im Zustand unüberhörbarer Heiterkeit, doch ich sah ihn nur fragend an, zweifelnd, ob er mir nun etwas sagen wollte oder von mir erwartete, etwas Unausgesprochenes zu verstehen. Derweil erteilte er dem Taxifahrer, der uns weiterhin an seiner feuchten Fröhlichkeit teilhaben ließ, weitere Instruktionen. Wir bogen erneut um eine Ecke, und unsere Blicke fielen plötzlich auf eine riesige Leuchtreklame, dem Bild einer hinreißend schönen, superblonden weißen Frau, die, nur mit einem Slip bekleidet, auf einem Stuhl zu sehen war. Sie hatte so einen Schlafzimmerblick und saß breitbeinig da, die Zunge zweideutig hervorgestreckt, die Spitze zwischen den schneeweißen Zähnen nach oben gebogen, die scharlachrote Oberlippe aufreizend berührend. Ein Stück weiter unten berührte der rechte Zeigefinger fast ihr Genital. Angeekelt, verunsichert und entsetzt schaute ich sofort in eine andere Richtung. Ich schämte mich ja so. Osey genoß es gutgelaunt, mich so in der Klemme zu sehen. Er beeilte sich, großspurig und eitel hinzuzufügen: »Dies ist hier in Hamburg die Straße Gottes, Mara. Sein gelobtes St. Pauli. Hier wartet das Herz aller deutschen Maria Magdalenas. Diejenige, die hier die Gnade des Herren zu spüren bekommt, braucht nichts und niemanden mehr zu fürchten, denn auf der ganzen Welt wird sich kein Messias finden, dem sie nicht die Füße waschen kann.«
Er lachte sich halbtot, und ich verstand nur noch Bahnhof. Mit seinen eindeutigen Absichten hatte er mich in Verlegenheit gebracht. Aber was er nun wieder von sich gegeben hatte, schlug dem Faß den Boden aus. Zu Hause hatte ich von der Heiligen Maria, vom Heiligen Johannes, vom Heiligen Wasweiß-ich gehört. Davon gab's eine ganze Menge. Schulen, Kir-

chen, Straßen und Boulevards waren nach ihnen benannt. In meinen Augen waren das immer irgendwelche katholischen Götter oder so etwas ähnliches gewesen. Aber was hatte dieser St. Pauli mit diesem Viertel hier zu tun. Mit diesen nackten Frauen mit knallroten Lippen auf den scheußlichen Plakaten. Waren bei diesem St. Pauli die Drähte durchgebrannt, oder hatte er dem lieben Gott das Salz von Tisch gemopst und war aus dem Himmel hierher gejagt worden, wie es zuvor schon seinem Urahnen Luzifer passiert war? Also, ich verstand das alles nicht. Weitere Erkundigungen wollte ich aber trotzdem nicht einziehen, weitere Fragen verkniff ich mir tunlichst. Denn wenn ich auch sonst nichts kapierte, eines war mir inzwischen klar geworden: In Anwesenheit dieses Osey gab es für mich keinerlei erfreuliche Erkenntnisse zu gewinnen. Egal, was der noch auf Lager hatte, allein die Hoffnung, Akobi in kürze zu sehen, hielt mich aufrecht. Bis dahin würde jede einzelne Sekunde zur Hölle werden, das war mir klar.

Schwestern

Der Taxifahrer setzte uns schließlich vor einer Gebäudegruppe ab. Große und flache, schmale und breite Häuser, die laut Osey das Universitätsgelände bildeten. Von Zweifeln geplagt und völlig verunsichert schritt ich mit Osey über das Gelände. Wir begegneten ein paar Leuten. Es waren, wie Osey meinte, Studenten, die trotz Semesterferien auf dem Campus geblieben waren. Besonderes Unbehagen bereitete mir noch immer Oseys Behauptung, daß uns die Leute hier als Affen ansähen. Mehr noch als Osey betrachteten die Menschen bestimmt mich, den Neuankömmling, als einen Affen in Jeanshose oder so etwas ähnliches. Das kleinste Lächeln auf ihren Gesichtern mißdeutete ich folglich als blanke Häme. Außerdem hatte ich ja noch immer diesen Osey am Hals, der mich weiterhin allein den Koffer schleifen ließ und peinlich genau darauf achtete nicht direkt neben mir zu gehen. Das erinnerte mich doch sehr an Zuhause, an Akobi, der darauf Wert legte, daß ich morgens mit ihm aus dem Haus ging, aber gleichzeitig von den Leuten nicht in meiner Begleitung gesehen werden wollte. Tja, was konnte ich eigentlich noch glauben? Den Versprechungen des Medizinmanns mit seinem Puder, seinem Eidotter, seinen Zaubertrunken, seinen tausend Prophezeihungen, daß mich hier nur Gold und Glück erwarte, ja wohl bestimmt nicht.

Wir marschierten weiter, betraten schließlich eines der hohen Gebäude und stiegen die Treppe hinauf bis in den zweiten Stock. Vor einer der Türen blieben wir stehen. Osey hatte einen Schlüssel und wir traten ein. Der kleine Raum war einfach, gemessen an meinen Anforderungen und Erwartungen jedoch sehr modern eingerichtet. Ein sehr niedriges Einzelbett mit einer Schaumstoffmatratze, Teppichboden, hübsche Gardinen vor den beiden kleinen Fenstern, ein Sessel, ein Schreibtisch mit einem Stuhl und einer Lampe, die man um die eigene Achse drehen konnte. Auf das Badezimmer mit Toilette wurde ich aufmerksam, als die Wasserspülung rauschte. Es war also außer uns noch jemand hier. War es Akobi? Nein, es erschien eine Afrikanerin. Ihr Haar fiel in langen, lockeren Strähnen herab und schien mir mit Millionen bunter Perlen verschiedenster Farben dekoriert. Eine großgewachsene Frau mit langen rotlackierten Fingernägeln und einem schmalen, goldenen Fußkettchen.

Sie begrüßte mich nicht gerade überschwenglich. Osey, der hier recht heimisch zu sein schien, stellte mich in unserer Muttersprache vor: »Das ist Akobis Päckchen.« Hatte ich richtig gehört? Hatte er Päckchen gesagt? Nun war ich aber gespannt, wie es weiter gehen würde. Die Frau musterte mich kurz mit einer Mischung aus Mitleid und Hilflosigkeit und meinte dann: »Setz' dich ruhig.« Ich ließ mich also im Sessel nieder. Es war früh am Morgen, und ich hätte jetzt eine Mütze Schlaf dringend nötig gehabt, doch wagte ich nicht, das zu sagen.

»Hast du Hunger?« wollte die Frau von mir wissen. Bevor ich nur ein Wort über die Lippen bringen konnte, funkte Osey dazwischen: »Ich habe ihr schon Essen gekauft.«

Da hatte ich aber Glück, keinen Hunger zu haben, denn sonst hätte ich wohl an meinem Finger lutschen müssen.

Osey verschwand kurz darauf, und die Frau prophezeite mir mit sanfter Stimme: »Ich glaube, er versucht deinen Mann aufzutreiben.«

Nach kurzem Schweigen fuhr sie fort: »Ich habe gehört, du hast einen Sohn.«

»Zwei«

»Zwei?« fragte sie verblüfft, »ich dachte immer einen. Dein Mann hat von einem Sohn gesprochen.«

»Der zweite Sohn kam erst nach seiner Abreise zur Welt«, erklärte ich, »ich hab's ihm aber geschrieben. Vielleicht ist der Brief nicht angekommen.«

»Hm, na dann«, sie zuckte resigniert mit den Schultern und sah mich wieder hilflos bedauernd an. Dann öffnete sich die Tür, und Osey trat ein. Er warf mir einen leeren Blick zu und rief die Frau zu einem kurzen Tête-à-tête zur Seite. Dann wandte

er sich wieder mir zu. »Akobi kommt gegen später hierher. Irgendwann in der Nacht. Jedenfalls bleibst du diese Nacht noch hier«, verkündete er gelangweilt. Sein Gesicht und sein Tonfall verdarben mir alle Lust, der Sache auf den Grund zu gehen und Fragen zu stellen. Aber warum sollte ich auch? Schließlich würde Akobi ja kommen. Das war es schließlich, was ich wollte. Alles andere hatte ja Zeit.
In dieser Nacht erwartete ich mit schweißgebadeten Händen Akobi. Ich wartete und wartete, genauso wie damals zu Hause, ließ die Sekunden in Minuten verrinnen, die Minuten zu Stunden werden. Ganz allmählich, aber stetig, gingen meine Hoffnungen den Bach herunter. Gegen Mitternacht machte sich Osey erneut auf den Weg, Akobi anzurufen. Wieder zurück sah er mich an, wiegte bedächtig den Kopf hin und her und beschwor mich dann: »Hör mal, hier sind die Dinge manchmal ein bißchen verwickelt. Hab' besser etwas Geduld, rate ich dir. Wenn es soweit ist, wirst du ihn schon sehen.«
»Er kommt also nicht?« jammerte ich, wohl wissend, daß Osey mir soeben nichts anderes mitgeteilt hatte.
»Nein«, erwiderte er kurz angebunden.
Diese Enttäuschung traf mich schwer, sie schmerzte und quälte mich sehr, sie bemächtigte sich höhnend meines Herzens und lähmte meinen Verstand. Jede Minute fürchtete ich, den nächsten Moment nicht mehr zu erleben. So litt ich also Höllenqualen. Endlich sah ich ein, daß ich genauso gut zu Bett gehen und endlich ausschlafen konnte. Also fragte ich Osey, wo ich schlafen sollte. Ich vermutete eine unter dem Bett versteckte Matte, mit der ich mich auf den Boden hätte legen müssen, doch Osey bedeutete mir fast jovial: »Oh, schlafen, ja klar, geh ruhig schlafen. Du schläfst mit meiner Frau im Bett. Ich schlafe woanders. Ich verschwinde jetzt.«
Mein nächstes Rätsel. Wo ging der jetzt noch hin? Doch die Enttäuschung hatte mich müde gemacht. Sollte er tun, was er wollte. Und überhaupt, ich brauchte jetzt dringend Schlaf, letzten Endes hatte ich in den vergangenen 24 Stunden nicht ein

einziges Mal tief geschlafen. Die Frau lieh mir ein Nachthemd und wünschte mir eine gute Nacht. Ich legte mich hin und schloß die Augen. Sofort einschlafen konnte ich aber nicht. So hörte ich noch, wie die Frau auf Osey einredete: »... das ist die Frau, stimmt's? Meine Güte, das ist ja eine Hexe, ojemineh ...« Irgendwie schlief ich dann aber schließlich doch ein. Als ich am nächsten Morgen aufwachte, war Osey tatsächlich auf und davon. Neben mir schlief seine Frau. Jetzt, nachdem Osey fort und wir beide unter uns waren, erwies sie sich eigentlich als ganz nett. Sie wünschte mir von Herzen einen guten Morgen und zeigte mir den Haushalt. Als ich frisch geduscht aus dem Badezimmer kam, stand sie mir mit dampfendheißem Kaffee und frischem Brot, wieder mit dieser eigenartigen Wurst belegt, gegenüber. Einen Moment lang spielte ich mit dem Gedanken, sie mit dem Gepräch zu konfrontieren, das ich in der Nacht fetzenweise mitbekommen hatte. Doch kaum hatte sie mich vor den Frühstückstisch bugsiert, erklärte sie mir, daß sie dringend fort müßte. Ich sollte die Wohnung nicht verlassen, bevor sie zurückkäme.

»Wenn du noch Hunger hast, im Kasten dahinten ist noch mehr Brot und im Kühlschrank gibt's noch Wurst. Und Cola ist in den rot-weißen Dosen«, erklärte sie mir.

Dann war sie verschwunden.

Jetzt war es zehn Uhr spät am Abend und sie war noch nicht wieder zurück. Ich hatte mich schon ins Bett gelegt, weil mir von den Unmengen Cola, von Brot und Wurst schlecht geworden war. Wer wollte das einer Tochter Afrikas auch verübeln, die durch heißen Chilli groß und stark geworden war?

»Schlaf weiter, laß dich bloß nicht stören«, flüsterte sie als sie eintrat. Ich hatte neugierig meinen Kopf ein wenig hervorgestreckt. Eigentlich hatte ich mir steif und fest vorgenommen, nachzufragen, ob die Leute hierzulande überhaupt keinen heißen Chilli aßen. Wo sollte das hinführen, sich von morgens bis abends mit Cola, Brot und Wurst vollzustopfen? Und am nächsten Tag dasselbe Elend! Jedenfalls bis vier Uhr nachmittags,

als sie endlich mit gegrillten Hähnchen auftauchte. Die Beilage erinnerte mich an geröstete Yamwurzel, war allerdings sehr fad und wurde, wie ich bald erfahren sollte, Kartoffeln genannt. Den Ketchup aus der Flasche vermengte sie liebevoll mit gehackten Zwiebeln und verfeinerte ihn mit Cayenne-Pfeffer. Es war meine erste vernünftige Mahlzeit seit vier Tagen.
Inzwischen hatte ich mich in mein Schicksal ergeben und wartete gar nicht mehr auf Akobi.
Gegen acht Uhr abends erschien Osey. Sofort gab es Zoff mit seiner Frau. Er hätte gern gewußt, wo sie zwischen zwei und vier gesteckt hatte, weshalb sie erst um vier und nicht schon um zwei Uhr nach Hause gekommen sei. An allem war ich schuld! Die Frau hatte klipp und klar zwei Uhr geantwortet, als Osey sie gefragte hatte, und ich hatte blauäugig und unaufgefordert korrigiert: »Nee, du warst doch erst um vier hier.«
Gesagt ist gesagt. Da hatte ich ja 'was angestellt. Die beiden gingen aufeinander los. Er bearbeitete sie mit allem, was er gerade in die Hand bekam: Kleiderbügel, Bücher, Kissen, Einkaufsbeutel. Sie schlug erfolglos mit einer Hand zurück, während sie die andere schützend vor ihr Gesicht hielt.
Es war schon eigenartig. Auch Akobi hatte mich oft geschlagen, doch diese Manieren gehörten für mich eigentlich nach Afrika. Aber diese afrikanischen Männer züchtigten ihre Frauen auch in Europa. In mein strahlendes Bild von Europa paßte das überhaupt nicht. Ja, jetzt war ich in Europa und kannte es doch gar nicht. Die ganze Zeit hatte ich in diesen vier Wänden verbracht. Deshalb erschien mir Europa noch immer dem Himmelreich ziemlich nahe, und wenn nicht alle Missionare Lügner waren, wurde im Himmel gesungen, getanzt, in die Hände geklatscht und gelacht, aber nicht geprügelt.
Bald sollte ich es besser wissen.
Osey hatte sich inzwischen seine Frau geschnappt und sie, unter fortwährenden Hieben, ins Badezimmer gezerrt. Dort drehte er einen Kassettenrecorder bis zum Anschlag auf, während ich staunend zurückblieb. Osey hatte bis dahin kein Wort

mit mir gesprochen, und ich hatte auch nicht gefragt. Es war ungefähr zehn Uhr, und ich begann bereits zu gähnen, als irgendwer heftig gegen die Zimmertür klopfte.
»Osey«, rief ich.
Keine Antwort. Die beiden waren noch immer im Bad, während die Musik erbärmlich dröhnte.
»Osey«, rief ich wieder und ging auf die Badezimmertür zu. Jetzt wurde die Musik leiser.
»Osey, da klopft jemand an die Tür. Soll ich aufmachen?«
»Laß das!« beeilte er sich zu sagen, »ich komme schon.«
Sekunden später schoß er hervor, den Oberkörper splitternackt, hastig seine Hose hochziehend. Unerfahren und prüde, wie ich damals wohl war, erkannte ich doch sofort, was im Bad passiert war.
Er stürmte zur Zimmertür, riß sie auf und plapperte sofort gutgelaunt los. Unter heftigem Händeschütteln und Schulterklopfen ließ er den Besucher eintreten. Da stand er nun... mein Ehemann Akobi.
In der Zeit vor meiner Abreise hatte ich mir oft vorzustellen versucht, wie unser erstes Zusammentreffen nach so langer Zeit wohl verlaufen würde. Er würde mich liebevoll in den Arm nehmen und ganz fest an sich drücken. Na gut, unsere Beziehung zu Hause war nicht gerade romantisch gewesen. Hier und jetzt aber hatte er mich bei sich haben wollen. Er hatte mich hierher geholt. Also mußten sich seine Gefühle doch gewandelt haben, mußte er doch wenigstens etwas mehr Zuneigung für mich empfinden. Vielleicht wußte er von meinem Nähunterricht bei Madame Anaba, vielleicht von den Kleidern, die ich jetzt anstelle der alten Lumpen trug, vielleicht von den neuen Sandalen, die die Treter aus Autoreifen inzwischen abgelöst hatten. Vielleicht war ich jetzt gut und kultiviert genug, um an seiner Seite zu bestehen. So hatte ich gedacht, so hatte ich geträumt.
Doch schon, als er im Zimmer stand, war dieser Traum verpufft wie ein Tropfen Kokosnussöl auf einer glühendheißen Stein-

platte. Weder schien er es besonders eilig zu haben, mich zu umarmen, noch schien er zu erwarten, daß ich dies wagen würde. Ohne auch nur ein Wort gewechselt zu haben, war klar: Der tiefe Graben zwischen dem Stadtmenschen und der Frau vom Dorf lag weiterhin zwischen uns. Ich hatte mich in den letzten Jahren bemüht, ihm ein Stück näher zu kommen. Doch die Kluft war eher größer geworden, denn auch Akobi hatte sich weiterentwickelt. Ich trug keine Zöpfe mehr, sondern mein Haar offen und gekämmt. Auch Akobi kämmte sein Haar, doch war es nicht mehr lockig. Später einmal bezeichnete er seine Frisur als »M.J. Look«. Er trug nicht mehr sein schneeweißes, frisch gestärktes Hemd mit der schmalgestreiften, schwarzen Krawatte, sondern ein modisches Seidenhemd passend zu einer graugestreiften Qualitätshose. Das Herrentäschchen aus Krokodilsleder rundete die Erscheinung ab. Und einen Duft zog er hinter sich her..., als habe er vierzig Stunden lang ohne Unterbrechung in Aftershave gebadet. Wie nicht anders zu erwarten, war auch sein Stoppelbart dieser Wandlung zum Opfer gefallen. Tja, der gehörte jetzt zu einer ganz anderen Welt. Mein neugewonnenes Selbstvertrauen war als Eintrittskarte zu dieser Welt wertlos. Mein alter Komplex meldete sich zurück.

»Na, wie stet's, wie geht's?« begrüßte er mich grinsend und fügte gleich spöttisch hinzu: »Ich möchte Haus und Hof verwetten, daß mein bester Freund Osey dich sehr zuvorkommend behandelt hat.« Jetzt mußte er lachen, laut und zweideutig. Akobi und Osey wechselten verschwörerische Blicke.

Eigentlich hatte ich ihm alles erzählen wollen, alles über Osey, was der getan und zu tun vorgehabt hatte. Doch jetzt kamen mir wieder Oseys zynisches Gelächter und dessen unverschämte Reaktion auf meine Drohungen in den Sinn.

Ich erinnerte mich erneut an die widerwärtigen Blicke des Taxifahrers, an dieses St. Pauli und alles, was dazugehörte. Ich hatte ein äußerst ungutes Gefühl, denn mehr als je zuvor fragte ich mich: Was hatte ich eigentlich hier zu suchen, in diesem Land, in diesem Zimmer?

Osey hatte – so stellte sich bald heraus – mit Akobi unter vier Augen zu reden. »Hey, bist du jetzt endlich fertig, oder ist dein fetter Arsch noch immer nackt?« brüllte er deshalb herb-charmant in Richtung Badezimmer, in dem sich seine Frau aufhielt. Dann fügte er an Akobi gerichtet höhnend hinzu: »Ich habe sie gerade eben geklatscht. Windelweich, wie sie es gebraucht hat. Frag' deine Frau! Sie hatte Geheimnisse vor mir...«
Er verstummte, als seine Frau lachend aus dem Badezimmer trat. Auch Akobi begann zu lachen. Oseys Miene blieb wie versteinert. Dann verdrückten sich Osey und Akobi ins Badezimmer und schlossen die Tür hinter sich. Undeutlich hörte ich ihre Stimmen, verstand kaum, was sie sagten. Sie tauchten nach einer Weile wieder auf und verkündeten: »Mara, es gibt einiges, über das wir sprechen sollten.«
Daß dies keine erfreulichen Neuigkeiten sein würden, brauchte mir keiner zu sagen. Auf weitere Schreckensnachrichten, Kränkungen oder Enttäuschungen war ich gefaßt. Wahrscheinlich war es von allem etwas, denn Osey bestand darauf, daß ich mich für unser Gespräch aufs Bett setzte.
Osey führte das Wort, seine Frau mußte neben mir auf dem Bett Platz nehmen. Osey saß uns auf dem Stuhl gegenüber, Akobi plumpste in den Sessel und beschäftigte sich fortan mit irgendwelchen Falten in seinem Hemd und seiner Hose. Mir kam das alles vor wie eine Gerichtsverhandlung in der Residenz unseres Häuptlings in Naka.
Die Frau begann nervös mit den Fingern zu knacken, und kassierte dafür postwendend einen Rüffel von Osey. Murrend faltete sie daraufhin ihre Hände im Schoß.
Es verstrich eine Minute des Schweigens. Osey räusperte sich noch einige Male und begann: »Zuerst mußt du eines verstehen, Mara. Besonders für uns Schwarze aus Afrika ist das Leben in Deutschland ein verdammt hartes Brot. In den Augen der Leute sind wir einfach ein paar Farbtöne zu dunkel. Viele... nicht alle, aber viele, mögen uns nicht. Für die sind wir Wilde, die in den Urwald gehören und hier nichts zu suchen haben. Daß sie uns

Affen nennen, hatte ich dir, glaube ich, schon einmal gesagt.«
»Hast du!« erwiderte ich.
»Und was tun die Menschen mit den Affen?« wollte er nun wissen.
»Ich weiß nicht?« Ich war unsicher, auf was er hinauswollte und fragte zurück: »Ja, was machen die Menschen denn mit den Affen?«
Dabei mußte ich wohl aus tiefster Seele erschrocken dreingeblickt haben, so daß Oseys Frau zu lachen begann.
Bevor ihr Mann dazwischenfahren konnte, fing auch Akobi an zu lachen. Also hielt sich Osey zurück und fuhr fort: »Na schön, Mara, laß es mich so erklären. Ein oder zwei Affen im Haus des zivilisierten Mannes sind noch ganz okay, du verstehst mich. Erst wenn die Affen die ganze Karawane ihrer Verwandten und Bekannten zum Haus führen, schlagen beim zivilisierten Mann die Alarmglocken. Mit ein oder zwei Affen kann sich dieser Mann abfinden. Er ist gut zu ihnen, und im Vereinigten Königreich der Buschaffen geht die Kunde von diesem lieben Kerl und seinem guten Herzen um. Die dortigen Affen nehmen diese gespielte Freundlichkeit für bare Münze. Sie fühlen sich ermutigt, jetzt auch zum Haus des zivilisierten Mannes zu kommen. Doch der läßt nun seine Maske fallen und zeigt sein wahres Gesicht, und das ist selten ein freundliches Gesicht, Mara. Du verstehst, was ich sagen will?«
Einen Moment lang herrschte Schweigen.
»Nein«, antwortete ich einfach und aus tiefster Überzeugung. Seinem philosophischen Höhenflug hatte ich nicht folgen können.
»Okay«, Osey kehrte wieder auf den Boden der Realität zurück. »Die Sache ist die: Die Deutschen, oder wenigstens ihre Repräsentanten, wollen nicht so viele von uns hier haben. Also machen sie uns mit allen Mitteln das Leben sauer. Wir sollen uns als Menschen zweiter Klasse vorkommen und eine Rückkehr nach Hause in Betracht ziehen. Hast du das verstanden?«
Ich sparte mir die Antwort.

»Deshalb hast du beispielsweise zur Einreise einen fremden Pass gebraucht, nicht wahr?« fuhr Osey fort.
»Ja«
»Sonst hätte dich die Polizei womöglich mit der nächsten Maschine zurückgeschickt. Mit diesem Pass jedoch hat es solche Probleme nicht gegeben. Und ist dir auch klar, weshalb?«
»Nein«, erwiderte ich.
»Dann werde ich's dir sagen«, nickte er heftig, »die Besitzerin dieses Reisepasses hat eine Aufenthaltserlaubnis, eine sehr gute Aufenthaltserlaubnis für Deutschland. Und warum hat sie die, hä? Weil sie einen Deutschen geheiratet hat. Verstanden?«
Mein Herz raste. Was sollte ich dazu sagen? Aber Osey fuhr fort: »Schau dir Akobi an«, er warf diesem einen kurzen Blick von der Seite zu, »auch er hat diese sehr gute Aufenthaltserlaubnis. Ich habe sie auch.«
Er zeigte mit dem Finger auf die Frau neben mir. »Meine Frau hier ist erst vor neun Monaten angereist. Sie hat schon eine Menge Geld verdient, um heiraten zu können. Dann kann sie ohne Probleme hier weiterleben. Versteh' mich richtig. Wir haben uns das nicht ausgesucht. Wir müssen das machen, wir haben keine andere Wahl, sonst können wir nicht hierbleiben. Und warum bleiben wir hier? Bestimmt nicht aus freien Stükken, Mara. Das wirst auch du bald am eigenen Leibe erfahren. Nein, wir müssen bleiben, weil viele von uns Hab und Gut versetzt haben, bei jedem Verwandten tief in der Kreide stehen, nur um hierherzukommen und in den Fabriken zu arbeiten, von denen es hier ja soviele gibt. Diese Fabriken, von denen es zu Hause heißt, sie suchten dringend Arbeitskräfte. Alles Gerüchte und Wunschdenken, das kapierst du schnell, wenn du hier bist. Aber jetzt haben wir nun einmal die Schulden. Sollen wir mit leeren Händen heimkehren? Wir müssen, egal wie, zu Geld kommen. Und überhaupt, wenn du zurückkommst und erzählst, die Fabriken hier hätten gar keine Arbeit an Fremde zu vergeben, und viele Deutsche seien sogar selbst arbeitslos, wer glaubt dir das? Für die bist du dann nur noch eine Mißgeburt,

ein Gotteslästerer, ein Schänder deiner Vorfahren. Deshalb hättest du in Europa nichts erreicht und nur deswegen wärst du mit leeren Händen, in tiefer Schande, heimgekehrt. Um dich zu rechtfertigen, würdest du jetzt anderen Leuten, die in Europa ihr Glück wagen wollten, den Mut rauben. Anderen Leuten, die keine Mißgeburten seien, und Götter und Vorfahren stets in Ehren gehalten hätten. Hast du jetzt begriffen?«

Nicht so ganz, mußte ich zu meiner Schande gestehen. Aber dieser Osey, da staunte ich nicht schlecht, war ein richtiges Chamäleon. Dieser arrogante Frauenquäler, den ich seit unserer Zugfahrt so sehr haßte, war gar nicht so hohl in der Birne. Soviel war mir klar. Akobi, von dem man die ganze Zeit wenig gehört hatte, mischte sich jetzt ein: »Genug gepredigt, Osey! Jetzt erkläre ihr mal den Unterschied zwischen uns beiden und deiner Frau.«

Osey, von der Unterbrechung seines Sermons wenig erbaut, erwiderte gereizt: »Ja, ja, aber alles der Reihe nach. Man muß sie vorbereiten.«

Dann wandte er sich wieder mir zu und fuhr fort: »Es ist so. Unsere Ehen, das heißt die von Akobi und mir, unterscheiden sich ein wenig von der Ehe meiner Frau oder von der Ehe der Frau im Reisepass. Ich erkläre dir das jetzt mal: Meine Frau arbeitet sehr hart und spart fleißig. Das Geld kriegt dann ein Deutscher, damit er sie heira...« Osey begann fieberhaft nach einer anderen Formulierung zu suchen, denn mein Gesicht hatte sich zusehends verfinstert. Wer hatte in Afrika schon einmal von einer Frau gehört, die hart arbeitet und Geld spart, um den Mann zu entlohnen, der sie heiratet?

»... besser gesagt«, legte er wieder los, »schau dir meine Frau an. Sie ist meine Frau und sie liebt mich. Ein Deutscher wird sie heiraten, doch den liebt sie gar nicht, und er liebt sie auch nicht. Die beiden werden heiraten, aber nur auf dem Papier, nur offiziell. Kapiert? Was richtige Eheleute miteinander machen, machen die beiden natürlich nicht. Und genau deshalb, das verstehst du sicher, muß sie ihn bezahlen...«

»Ja, aber der Mann?« unterbrach ich ihn, selbst von meiner Courage Fragen zu stellen verblüfft, »wen liebt der?«
Heute saß mir nicht der Osey aus dem Zug, der Osey der vergangenen Tage, der Osey, den ich bisher kennengelernt hatte, gegenüber. Diesem neuen Osey, das spürte ich, durfte ich Fragen stellen.
»Der Mann liebt eine bestimmte Sorte Schnee, die dir Träume schenkt und sehr teuer...«
»Jetzt komm' mal wieder zur Sache, Osey«, mischte sich Akobi ungeduldig ein, »das ist sowieso zu hoch für sie.«
Also fuhr Osey fort: »Ja, als Akobi und ich hier ankamen, hatten wir kein Geld, um uns eine deutsche Ehefrau zu kaufen, Mara. Du merkst sicher, worauf ich hinaus will. Wir mußten also richtig heiraten, das heißt aus geheuchelter Liebe. Wir haben diese Frauen geliebt, aber wir lieben sie natürlich nicht, wenn du verstehst, was ich meine.«
Ich verstand es nicht und machte keinen Hehl daraus. Akobis Geduld war damit am Ende.
»Also, paß mal auf«, fuhr er grantig dazwischen. »Du, ich sag's ihr jetzt auf den Kopf zu«, wandte er sich kurz an Osey.
»Mara, ich habe hier auch geheiratet. Eine Deutsche. Nichts anderes versucht dir Osey, die ganze Zeit beizubringen.«
»Deine zweite Frau?« fragte ich halblaut, »Du hast dir also eine zweite Frau genommen und meiner Familie nichts davon gesagt?«
Es erschien mir als Verstoß gegen unsere Tradition, die dem Respekt gegenüber der ersten Frau und ihrer Familie Rechnung trägt. Ein Mann, der seine zweite Heirat vor der ersten Frau und ihrer Familie verschweigt, kränkt und beschämt seine Schwiegereltern durch seine Gleichgültigkeit.
Zusehends gereizt erwiderte Akobi: »Nenne es, wie du willst. Aber Polygamie hier ist nicht wie Polygamie bei uns daheim. Hier nennen sie Polygamie Bigamie. Und diese Bigamie ist ein Verbrechen. Dafür kannst du in den Knast kommen, verstehst du das?«

«Nein, das verstehe ich nicht! Warum kommt ein Mann ins Gefängnis, wenn er sich eine zweite Frau nimmt?» fragte ich irritiert.
»Warum? Warum? Wie soll ich das wissen, bitte schön?« brüllte Akobi, mit Geduld und Nerven am Ende. »Hör mir mal zu«, fing er wieder an, »eigentlich ist es ganz einfach. Hier sagt das Gesetz: Eine Frau, ein Mann. Zwei Frauen, ein Mann ist verboten. Drei Frauen, ein Mann auch. Vier, fünf, sechs Frauen, alles verboten. Wer etwas Verbotenes tut, wird zur Kasse gebeten, oder kommt in den Knast. Weil ich das nicht will, kann ich meiner Frau... meiner deutschen Frau nicht verraten, daß du auch meine Frau bist. Verstanden?«
»Oh, nein!« Voller Entsetzen hatte ich die Augen weit aufgerissen. Akobi seufzte und sank völlig ermüdet und resigniert zurück in den Sessel.
Nun war der Moment gekommen, in dem Oseys Frau, die bisher beharrlich geschwiegen hatte, das Wort ergriff: »Sieh mal, es geht um folgendes«, begann sie, »Akobi hat eine Deutsche geheiratet. Nur deshalb darf er solange hier bleiben, bis er viel Geld zusammen hat und alles zurückzahlen kann, was er sich daheim geborgt hat, um hierherzukommen. Und vergiß nicht, er hat auch dich hergeholt, was eine Stange Geld gekostet hat. Ist dir das klar? Also wirst du ab jetzt bei Akobi und seiner Frau wohnen, aber als seine Schwester und nicht als seine Frau.«
»Aber ich bin doch gar nicht seine Schwester!« jammerte ich.
»Von jetzt ab bist du es eben«, erklärte sie, »und du bleibst es auch solange wie nötig. Oder möchtest du dich schon morgen in Naka wiederfinden?«
Blöde Frage, dachte ich. Wer hätte darauf in meiner Situation schon Wert gelegt? Die Antwort sollte sie sich selbst denken.
Die Frau fuhr fort: »Mit Osey und mir ist es dasselbe. Oh, wir sind furchtbar glücklich. Ich lebe hier und noch woanders. Osey lebt bei seiner Frau in der Stadt. Sie hält mich für seine Schwester und wir kommen gut miteinander aus. Keine Probleme.

Das Nachthemd, das ich dir geliehen habe, hat sie mir gegeben. Tja, von ihr kriege ich überhaupt so manches: Lippenstift, Lidschatten, Unterhosen..., na eben dies und jenes. Im Gegenzug muß ich sie eben dulden. Ich sehe sie erst gar nicht als Rivalin, und darum läuft alles so prima. Warum solltest du das nicht auch können? Wenn sich Akobi daheim eine zweite Frau zugelegt hätte, was hättest du dann getan?«
»Dort hätte mich die zweite Frau als erste und ältere Frau anerkannt und mir den gebührenden Respekt erwiesen«, antwortete ich.
»Wieso sollte dich seine deutsche Frau nicht respektieren?«
»Wohl als ältere Rivalin, was?« bemerkte ich herausfordernd. Mein Tonfall gefiel ihr scheinbar wenig.
»Liebe Güte, hat deine Mutter vielleicht keine Rivalin?« zischte sie.
»Bin ich vielleicht meine Mutter, hä?« gab ich zurück. Nach und nach wurde mir klar, daß ich ungestraft auf meinem Standpunkt beharren konnte. Ich gab verhältnismäßig dreiste Fragen zum Besten, die zu stellen ich vor kurzem nie und nimmer gewagt hätte. Diese Kühnheit war wohl Bestandteil und Errungenschaft der Zivilisation, die mir jetzt doch besser erschien als nach meinem Kinobesuch mit Osey in Berlin. Ja, langsam gefiel sie mir sogar.
Mit gedämpfter Stimme fuhr Oseys Frau fort: »Schwester, glaube mir, soviel anders als daheim ist das gar nicht. Die deutsche Frau darf dich eben nicht als Rivalin sehen. Sie darf nicht wissen, daß auch du ein Recht darauf hast, mit Akobi zu schlafen. Sie muß dich eben für Akobis Schwester halten, das ist eigentlich alles.«
Osey unterbrach sein langes Schweigen und fügte hinzu: »Jawohl, und eigentlich solltest du froh und dankbar sein, daß Akobi dich mitnehmen und bei sich wohnen lassen kann. Meine Frau hatte damals nicht soviel Glück. Und laß es dir gesagt sein: Du wirst dich da so wohl fühlen, es wird dir überhaupt nichts ausmachen, die Schwester zu spielen. Mara, in der Woh-

nung fehlt es an nichts, da gibt es alles: Kühlschrank, Heizung, Sofa, Teppichboden, Plattenspieler, Kassettendeck, Radio, Fernseher! Alles vorhanden. Du wirst es ja sehen...«
»Es ist gar nicht schwer«, warf Akobi ein. Offenbar hatten sie von mir keinerlei Widerstand erwartet, nicht damit gerechnet, daß ich soviel fragen würde. Akobi hatte wohl noch immer die Mara von früher vor Augen, die zu allem ja und Amen sagte, jeder Anweisung kommentarlos Folge leistete. Doch auf diese alte Mara konnte er nicht mehr zählen. Und von mir hing eine Menge ab, ich konnte uns alle in die Hölle schicken und wäre dabei sicher nicht die einzige gewesen, die dort hätte schmoren müssen.
Akobi versuchte offenbar, mich mit Samthandschuhen anzufassen. Wie dem auch gewesen sein mag, wenn ich mich ihren Wünschen nicht gebeugt hätte, welcher andere Ausweg wäre mir geblieben? Ich beschloß, mich zurückzulehnen und fortan zu schweigen, wollte ruhig abwarten, was sie mit mir vorhatten.
»Akobi hat ihr schon gesagt, daß du kommst. Da gibt es kein Problem«, betonte Osey und fragte dann Akobi: »Was hat sie denn eigentlich dazu gesagt?«
»Was gibt es da zu sagen?« warf sich Akobi in die Brust. »Wenn sie mich liebt, muß sie auch meine Schwester aufnehmen. Das habe ich ihr klipp und klar gesagt.«
»Mehr nicht?« wunderte sich Oseys Frau.
»Nun, ich habe ihr ein wenig Angst gemacht«, prahlte Akobi aufgeblasen wie ein Pfau, »wenn sie jetzt meine Schwester zurückweist, wird meine Familie daheim sie auch nicht akzeptieren, wenn wir in Afrika leben. Das muß sie wissen.«
»Wie du mir, so ich dir, was?« bemerkte Osey grinsend.
»So ähnlich«, bekräftigte Akobi, »du weißt, wie sehr sie sich nach einem Leben in Afrika sehnt: ständig gutes Wetter, Palmen, frische Früchte und zehntausend Bambini stets zu ihren Diensten.«
»Und wann geht's jetzt los?« fragte Oseys Frau amüsiert.
»In einem Jahr, wenn's nach ihr geht.«

»Hattest du nicht etwas von drei Jahren gesagt, oder irre ich mich da vollkommen?« bemerkte Osey grinsend.
»Das war vor drei Monaten. Dann sollte es in zwei Jahren soweit sein, inzwischen bleibt uns nur noch ein Jahr. Jedesmal, wenn ihr irgendwer Negerfrau nachruft, wird es ein Jahr weniger. Inzwischen habe ich sie wieder so weit, daß sie noch zwei Jahre abwarten will«, entgegnete der ebenfalls belustigte Akobi.
»Und wenn die zwei Jahre um sind?« fragte Osey.
»Dann werde ich ihr schon beibringen, daß wir noch zwei Jahre brauchen. Ganz einfach, oder?« sprach Akobi und lachte selbstgefällig.
Eigentlich hatte ich mir vorgenommen, gar nichts mehr zu sagen. Doch plötzlich wollte ich es doch wissen: »Aber eines Tages wirst du sie mitnehmen müssen, stimmt doch?«
Ich hatte mir die Zukunft bereits ausgemalt. Einmal Schwester, immer Schwester. Wir würden alle drei nach Afrika kommen, und ich würde dort meine Rolle weiterspielen. Vor unseren Familien und vor ganz Naka müßten wir die Sache natürlich geheim halten. Ich würde ganz tief mit 'drin stecken. Akobis deutsche Frau würde in mir weiterhin die loyale Schwägerin und die sitzengebliebene Schwester ihres Ehemannes sehen. Wie würde mit meinen beiden Söhnen verfahren werden? Nein, daran wollte ich gar nicht denken.
»Frag' nicht so dumm«, giftete Akobi zurück, »bevor ich die nicht mehr vertrösten kann, habe ich genug Geld zusammen, habe mir alles geholt, weshalb ich überhaupt herkam. Da habe ich mich schon in meinem komplett eingerichteten Bungalow in Afrika breitgemacht.«
In *unserem* komplett eingerichten Bungalow hatte er nicht gesagt... ich hatte es deutlich gehört.

Ehepflichten

Belehrungen und Diskussionen endeten erst nach Mitternacht. Es herrschte die allgemeine Annahme, ich hätte alles verstanden und wäre mit allem einverstanden. Jetzt kam es nur noch auf meine schauspielerischen Qualitäten an.

Akobi hatte wohl seiner Frau versprochen, gegen Mitternacht zu Hause zu sein. Um Ärger zu vermeiden, wollte er sich allmählich auf den Weg machen. Auch Osey hatte sich seiner Frau für ein Uhr nachts angesagt. Aber diese habe sich bereits daran gewöhnt, daß er seine Versprechen nie halte, und sei Verspätungen gewöhnt, räumte er ein.

Akobi hingegen wollte sein Versprechen offensichtlich einlösen. Er sprang auf, und ich glaubte schon, das Schlimmste sei jetzt vorüber. Da stieß ihm Osey, wieder ganz der alte, grinsende Gorilla, in die Rippen. »Du willst mir doch nicht weismachen, daß du dich ohne eine kurze Willkommensnummer mit ihr verabschieden willst, oder? Sie ist bestimmt schon auf den Geschmack gekommen. Wir waren nämlich gerade dabei, als du hier aufgetaucht bist.«

Akobis Reaktion versicherte mich seiner Wertschätzung... der Wertschätzung einer zwanzig-Mark-Hinterhof-Hure.

Schweigend nahm er den Kassettenrecorder, drehte ihn auf und ging ins Badezimmer. Eine kurze Kopfbewegung deutete mir, ihm zu folgen und meinen Willkommensgruß abzuholen. Ich weiß nicht, warum ich ihm überhaupt gehorchte und aufstand. Angewidert folgte ich ihm, begleitet vom Kichern und Grinsen Oseys und seiner Frau.

Im Bad angekommen, zog er den Plastikvorhang hinter mir zu. Dann zeigte er auf meine Hose und befahl, so laut es die Musik nötig machte, unmißverständlich und geschäftsmäßig: »Hopp, hopp, runter damit!«

Ich zog die Jeans aus. Inzwischen hatte Akobi Hose und Unterhose schon bis auf die Knie heruntergelassen. Mit mir galt es offensichtlich, keine Sekunde zuviel zu vergeuden. Sein

rechter Zeigefinger deutete mir niederzuknien. Ich gehorchte, mein Sweatshirt noch immer am Leibe. Daraufhin nahm er meine Jeans, breitete sie auf dem Badezimmerboden aus und ging selbst darauf in die Knie. Ich verharrte auf dem nackten Fußboden. Ich spürte ihn von hinten in mich eindringen, doch im nächsten Augenblick war er schon wieder draußen.
»Nimmst du eigentlich 'was zur Verhütung?« wollte er wissen.
Ich verneinte.
Er fluchte ungeduldig, drehte das Radio leiser und rief Osey zu, ihm einen Gummi zu bringen. Ich hörte Osey murmeln und seine Frau leise kichern. Sekunden später reichte Oseys Hand durch den Spalt im Vorhang ein Kondom herein. Dabei schielte er zu mir herüber und lachte laut los: »Mara, du siehst aus wie bestellt und nicht abgeholt.« Das fand ich echt witzig... wie ich da so kniete, nackt von der Taille abwärts, meine Kehrseite Akobi zugewandt.
Ich konnte Osey keinen Vorwurf machen. Ich sah wirklich lächerlich aus. Meine Gedanken wurden jäh durch einen plötzlichen, stechenden Schmerz unterbrochen. Akobi war in mich eingedrungen. Brutal und hastig ging er zur Sache. Hastig, wie man eben eine Pflicht hinter sich bringen will. Eine Pflicht, die er freiwillig niemals auf sich genommen hätte. Was sein muß, muß eben sein.
Dann war er wieder auf den Füßen und zog den Reißverschluß hoch. Ich verharrte auf den Knien, unter bitteren Schmerzen, denn Akobi hatte soeben nichts anderes exerziert als eine tolerierte Vergewaltigung.
Er rief nach Osey, um zu erfahren, ob die beiden schon fertig waren. Osey forderte ihn auf, herauszukommen und sich nicht als Heiliger Josef aufzuspielen. Aha, so war das also! Der Kassettenrecorder war jetzt leiser, und ich konnte Osey und seine Frau bei einer flotten Nummer belauschen, die wohl gerade zu Ende ging. Ich war jetzt allein im Bad, Akobi befand sich schon im Wohnraum. Ich hörte keine Schreie des Entsetzens, weder von Osey noch von seiner Frau, und folgerte, daß

Akobi Oseys Frau nicht zum ersten Mal nackt sah oder an dem Vergnügen der beiden teilhatte. In gewisser Hinsicht lieferte mir dies auch eine Erklärung für die Dreistigkeit und Arroganz, mit der Osey versucht hatte, mich im Zug zu verführen.
Ich stand auf und zog meine Unterhose hoch. Akobi riß den Vorhang auf. Daß Osey direkt hinter ihm stand und mich nackt sah, daß dessen Blick zwischen meinen Beinen klebte, ...das alles störte Akobi nicht die Bohne. »Morgen um vier Uhr komme ich, um dich abzuholen. Halte dich fix und fertig bereit«, ordnete er eilig an.
Er machte auf dem Absatz kehrt und war verschwunden in Oseys Begleitung.
Zerzaust trat ich aus dem Bad hervor, gedemütigt, beschämt, den Blick gesenkt.
»Du brauchst dich nicht zu schämen, Mara«, hörte ich Oseys Frau sagen. Das war ja ein Ding! Es war ihr tatsächlich nicht entgangen, daß mich dieses fremde, würdelose Sex-Schauspiel völlig überfordert hatte. Ihr Tonfall war jetzt ganz anders, als ich es in den letzten Tagen von ihr gewöhnt gewesen war. Ihr Ton klang irgendwie schwesterlich.
Ich hob den Kopf und sah ihr ins Gesicht. »Ich hab's noch nie gemacht, wenn andere zuhören konnten«, begann ich schleppend, »ich mag das nicht.« Meine Stimme bebte.
Sie stand eine Weile verstört da und betrachtete mich mitleidig. Plötzlich kam sie auf mich zu und nahm mich in die Arme.
»Oh Mara, mein Gott!« stieß sie bedauernd hervor. Sie presste mich an sich.
»Ich mag das nicht«, wiederholte ich, schluchzend aus tiefstem Herzen.
Als mein Klagen langsam verstummte, hielt sie mich noch immer in den Armen und führte mich zum Bett, auf dem wir uns einige Minuten schweigend niederließen.
»Bist du glücklich? Wirklich glücklich? So wie die Dinge liegen, in deiner Situation«, wollte ich plötzlich von ihr wissen.
Sie seufzte tief. »'Weiß nicht. Ich bin nicht gerade traurig, aber

besonders glücklich bin ich auch nicht«, antwortete sie lakonisch. »Hm, weißt du, ich liebe Osey. Uns haben nicht die Familien zusammengebracht. Wir haben uns selbst gefunden. Das ist etwas anders als bei dir und Akobi, verstehst du? Osey und ich, wir haben uns in einer Dorfschenke kennengelernt. Wir stellten fest, daß wir beide in der Stadt lebten und trafen uns dort zum nächsten Rendevouz. So ging das weiter. Wir verabredeten uns wieder und wieder, bis es funkte und wir miteinander geschlafen haben. Osey war damals noch ungebunden. Meine Familie hatte jedoch schon ein Auge auf einen Mann geworfen. Es war unser Glück, daß sich meine Familie noch nicht offiziell mit der Familie des Auserwählten besprochen hatte. Sonst hätte ich wohl nie Osey geheiratet und wäre jetzt nicht hier. Du willst wissen, ob ich glücklich bin in meiner Lage? Hm, ich vermisse ein paar Kleinigkeiten. Die kleinen Alltäglichkeiten einer Ehefrau. Das Waschen und Bügeln seiner Hemden, das gemeinsame Schlafengehen. Die ganze Nacht neben ihm liegen. Morgens neben ihm aufwachen. Auf ihn warten. Sich besorgt fragen, wann er endlich auftaucht und die Mahlzeit ißt, die du ihm gekocht hast. Eben diese banalen Dinge.« Sie lächelte gequält. »Doch ich muß mit dieser Situation klarkommen. Und du mußt es auch, Mara. Unsere einzige Überlebenschance.« Ich antwortete nicht.

»Für dich muß es viel einfacher sein, Mara«, fuhr sie fort, »weil du Akobi nicht liebst... oder liebst du ihn etwa?«

»Keine Ahnung«, erwiderte ich, »ich weiß nicht, wie es ist, einen Mann zu lieben. Das habe ich nie gelernt, das hat man mir nicht beigebracht. Ich habe es nie erfahren, denn ich hatte keine Chance dazu, bevor diese Heirat mit Akobi arrangiert wurde. Ein Mädchen wird erwachsen, ihre Eltern versprechen es einem Mann, dem es gefallen und gehorchen muß, den es zu bedienen und dem es viele Kinder zu schenken hat. Ist das jetzt Liebe?«

»Nee!« Sie mußte lachen. »Die Liebe ist etwas, das du fühlst. Du fühlst es einfach! Fühlst du etwas für ihn? Für Akobi?«

»Fühlen? Was denn, bitte?« – »Na, etwas wie... Zuneigung vielleicht. Oder den Wunsch, mit ihm zu schlafen, ihn anzufassen, die ganze Nacht mit ihm zusammenzusein. Fühlst du so etwas?«

»Ich weiß es nicht«, antwortete ich, »Zuneigung? Zuneigung? Ich glaube, ich fühle ein bißchen für ihn, ja. Mit ihm schlafen? Hm, das weiß ich nicht. Nach dem, was er mit mir im Bad angestellt hat. Am Anfang unserer Ehe dachte ich immer, er schläft mit mir, damit ich ihm einen Sohn zur Welt bringe. Aber meine Schwangerschaft machte ihn überhaupt nicht glücklich. Warum hat er dann mit mir geschlafen?«

»Er ist ein Mann, Mara. Wenn sein Penis steif ist, will er mit allem schlafen, was eine Vagina hat. Den Katzenjammer sparen sie sich für danach auf«, bemerkte Oseys Frau. »Eben im Bad hat er ja wohl auch nicht mit dir geschlafen, um einen Sohn zu machen, oder? Sonst hätte er ja kaum nach dem Kondom geschrien. Also hat er heute aus demselben Grund wie zu Hause mit dir geschlafen.«

»Pflichterfüllung«, folgerte ich zögernd, »deshalb hat er es getan. Aber wenn es nur Pflichterfüllung ist, verstehe ich nicht, weshalb er überhaupt erregt war, weshalb sein Ding überhaupt wachsen konnte... hier und daheim. Warum macht er es mit mir, wenn er gar nicht will? Weil Osey es gesagt hat?«

»Vielleicht. Vielleicht auch nicht. Wie hat er es mit dir gemacht?«

Diese Frage trieb mir die Schamesröte ins Gesicht. »Wie er es gemacht hat?« fragte ich verwundert zurück.

»Ja, erzähle es mir, Mara. Du brauchst dich nicht zu schämen. Wir sind hier unter uns.«

»Nun, er machte es mit mir... naja, wie man es eben macht. Wie auch sonst?«

»Natürlich hat er es mit dir gemacht, wie man es eben macht, Mara. Ich will aber herauskriegen, ob er es wegen Osey gemacht hat, oder weil er glaubte, eine Pflicht erfüllen zu müssen, oder weil er wirklich mit dir wollte. Also sei bitte ehrlich zu

mir. Wie hat er sein Ding steif bekommen? Hast du es ihm steif gemacht?«
Ich war, gelinde gesagt, völlig von den Socken. »Ich habe was gemacht?« Meine Stimme überschlug sich.
»Sein Ding steif gemacht! Hast du es ihm gemacht, bevor er mit dir geschlafen hat?«
»Ich mache ihm sein Ding nie steif«, erwiderte ich entgeistert, »das macht Akobi immer selbst!«
»Du hast es noch nie angefaßt? Du willst sagen, er hat dich da noch nie drangelassen?«
»Nein, nein«, brüllte ich angewidert. »Nein! Nein! Nein! Ich will nicht mehr mit dir darüber reden, bitte, bitte.« Ich wandte mich um, ließ mich auf das Bett fallen und zog mir, noch immer in Hose und voller Montur, die Decke über den Kopf.
Sie stand auf und ging auf die Toilette. Dann schlüpfte auch sie ins Bett, ohne weitere Worte zu verlieren. Ich versuchte vergeblich einzuschlafen. Sie hüllte sich fortan in demonstratives Schweigen. Unser Gespräch schoß mir weiter durch den Kopf und ich verspürte das Bedürfnis, mit ihr zu reden. Schließlich hielt ich es nicht länger aus.
»Machst du Oseys Ding hart, bevor er mit dir schläft?« hakte ich nach.
»Immer«, antwortete sie mit geschlossenen Augen.
»Und wie?«
»Das wirst du nicht verstehen, wenn du es nicht machst und auch noch nie gemacht hast.«
Ich ließ nicht locker. »Wie?«
»Ich reibe es in meiner Hand oder... ach, Mara, vergiß es. Du verstehst es sowieso nicht.«
»Oder was?« quengelte ich.
»Oder ich nehme es in meinen Mund.«
»In deinen was?« heulte ich heftig auf. Sofort sprang ich aus dem Bett und eilte ins Bad. Wahrscheinlich erwartete ich, mich zwangsläufig übergeben zu müssen. Doch es passierte nichts. Also kehrte ich zurück ins Bett.

»Willst du dir kein Nachthemd anziehen?« fragte sie alsbald. Ich stand wieder auf, zog mich um und ging zurück in die Federn.
»Du bist ein Grünschnabel, Mara«, bemerkte sie endlich.
»Das sagt Mama Kiosk auch immer... und Osey auch.«
»Wer ist Mama Kiosk?«, wollte sie wissen.
Ich berichtete ihr von meiner Gefährtin.
»Warst du nie in der Schule, Mara?« erkundigte sie sich.
»Nein, und du?«
»Vor der Mittleren Reife habe ich's gesteckt.«
»Osey hat gesagt, dies sei eine Universität«, fuhr ich fort. »Wieso wohnst du in einer Universität?«
»Das ist nur vorübergehend. Wenn die Vorlesungen wieder beginnen, muß ich raus. Ich wohne hier nicht richtig. Das Zimmer hat uns ein deutscher Student, der eine afrikanische Freundin hat, vermietet. Bei denen ist alles anders. Die wahre, große Liebe! Das Mädchen ist eine richtige Dame. Die ist daheim lange zur Schule gegangen und lernt hier weiter. Osey hat dem Studenten weisgemacht, seine Schwester käme für ein paar Tage aus Stuttgart hierher. Für ein paar Mark hat er die Schlüssel herausgerückt. Bevor der zurückkommt, muß ich verschwinden. Wenn der mich dann noch hier auffindet, bleibe ich für den zwar Oseys Schwester, aber daß ich eigentlich in Stuttgart lebe, wird er nicht mehr glauben. Und dann ist da noch seine Freundin, die Afrikanerin. Die behandelt uns wie den letzten Dreck. Die meint, etwas Besseres zu sein, du verstehst? Außerdem weiß sie, glaube ich, ganz genau, daß ich Oseys Frau bin und hier nur die Schwester spiele. Das paßt ihr nicht. Ihrem Freund kann sie es aber auch nicht pfeifen. Das wäre ja Verrat an ihren afrikanischen Landsleuten. Daß wir sie unfreiwillig zur Lügnerin und Komplizin gemacht haben, nimmt sie uns krumm. Also wechselt sie demonstrativ kein Wort mit uns.«
»Wo ist sie jetzt? Wo wohnt sie?«
»Sie wohnt auch hier, genau wie ihr Freund. Aber sie sind zusammen irgendwohin gefahren, nach Spanien oder sonstwo-

hin. Osey hält alle Fäden in der Hand, also bin ich von ihm abhängig. Wenn er morgen sagt, ich soll mich fertig machen, um zu verschwinden, dann weiß ich, sie kommen zurück und ich muß meine Sachen packen.«
»Und wenn sie in Wirklichkeit überhaupt nicht zurückkommen? Wenn Osey dich einfach nur hier raushaben will? Aus einem Grund, den er dir nicht nennen kann? Und er kommt einfach und sagt, du sollst dich fertigmachen und gehen? Kannst du es wissen?« hakte ich nach.
Sie riß mit einem Ruck den Kopf hoch und starrte mich an. Ihr Blick verfinsterte sich. Diese Möglichkeit hatte sie zuvor nie in Erwägung gezogen. »Nein, das... das kann ich nicht... wissen«, stotterte sie. Sie ließ mich nicht aus den Augen.
»Mara, unser Leben ist ganz schön hart«, begann sie nach einer Weile wieder, zögernd, als habe sie erstmals widerwillig einer unbequemen Tatsache ins Auge sehen müssen. »Aber, soll ich mit leeren Händen heimkommen? Meine Brüder und meine Familie... nun, die haben nur etwas zum Flugticket beigesteuert. Osey hat alles für mich arrangiert. Du weißt, wieviel man für den Paß hinlegen muß. Ich kam bester Dinge hierher und mußte bald erkennen, von Osey auf Gedeih und Verderb abhängig zu sein. Er zieht die Fäden. Ich nehme nur seine Anweisungen entgegen. Er hält sogar den Daumen auf das Geld, das ich verdiene. Gegen seinen Willen kann ich nichts kaufen, nicht einmal für meine Mutter daheim.«
»Du arbeitest?«
»Wenn man das, was ich tue, Arbeit nennen will, ja.«
»Wo arbeitest du? Was machst du?« forschte ich.
»Das darf ich dir nicht sagen. Osey hat es mir strikt verboten.«
»Bitte«, bettelte ich, »ich erzähle es auch bestimmt nicht weiter.« – »Nein, nix da!« erwiderte sie bestimmt.
Ich sah es ein. Sie würde es mir nicht verraten. Es sei denn, Osey würde es ihr befehlen.
Sie sah auf die Uhr und rief: »Mein Gott! Schon gleich vier Uhr.«

»Vier Uhr morgens?«
»Denkst du etwa vier Uhr nachmittags?«
Wir mußten beide lachen.
»Ich weiß noch gar nicht, wie du heißt. Ist dir das eigentlich klar?« fuhr ich fort.
»Vivian«
»Also, Vivian, wer hat dir beigebracht, Oseys Ding in deiner Hand zu reiben und es in den Mund zu nehmen?«
»Niemand«, erwiderte sie und setzte dann hinzu: »Oder vielleicht doch, aber ich kann mich nicht erinnern.« Sie wandte sich von mir ab.
Da lag ich nun neben ihr und wälzte meine Gedanken, über sie, über mich. An meiner Seite lag eine hilflose Frau, die ohne ihren Osey keinen Schritt vor oder zurück machen konnte. Wahrscheinlich hätte sie sogar aufgehört zu atmen, wenn er es nur befohlen hätte. Wir teilten das gleiche Schicksal. Unsere Männer hatten uns hierhergeholt, und wir waren auf deren Gnade angewiesen.
Damals daheim hatte ich ausgebleichte Kleider und Treter aus Autoreifen getragen. An der Bushaltestelle mußte ich mich vor Akobis Arbeitskollegen verleugnen, damit er sein Gesicht bewahren konnte. Trotzdem hatte ich es in jenen Tagen einfacher gehabt. Aber heute hätte ich für nichts auf der Welt wieder die verschlissenen Fetzen und die Treter anziehen wollen, und es hätte mir auch nichts ausgemacht, eine andere Identität vorzutäuschen, um Akobis Ansehen zu retten. In mir hatte sich etwas verändert, und das war Akobi entgangen. Er betrachtete mich noch immer als das armselige Weib von damals. Er verlangte von mir nicht nur, mich zu verleugnen, sondern auch, mich als jemand anderes auszugeben. Alles das unter dem prüfenden Blick einer guten Beobachterin: seiner Frau, meiner Rivalin.
Mein Ehemann Akobi hielt mich für so schwach im Geiste, für so unsensibel, daß ich die emotionelle Last, die er mir auflud, nicht spüren und verstehen würde. Er hielt mich also für so gefühllos, dumm und naiv, stellte mich auf die Gefühlsebene

eines Holzklotzes. Aber warum traute er mir dann zu, die Rolle der Schwester zu meistern; zumal sein Schicksal von meiner Schauspielerei abhing?

Gitte

Am nächsten Nachmittag um vier Uhr stand Akobi, wie versprochen, vor der Tür, um mich abzuholen. Er war in großer Eile und wollte keine Zeit verschwenden. Er begrüßte Vivian flüchtig und teilte ihr im Vorübergehen mit, daß Osey erst gegen sechs Uhr zu ihr kommen konnte.
»Bist du soweit?« fragte er mich dann.
»Ja, alles klar!« meldete ich.
Er verlor keine weitere Sekunde und marschierte aus der Wohnung. Ich schleppte mich mit dem Koffer hinterher, denn Akobi war mir beim Tragen genausowenig behilflich wie Osey zuvor. Wir traten aus dem Haus, schlängelten uns durch die vor dem Gebäude geparkten Autos und Fahrräder und erreichten die Straße.
Mein Blick fiel zuerst auf einen roten Passat, der auf der anderen Straßenseite geparkt war. War das sein Auto? Oder wie würde es jetzt weitergehen? Zu Fuß? Mit Bus oder PKW? Wir überquerten die Straße, gingen an dem Passat und ein paar anderen Autos vorüber. Schließlich blieb Akobi bei einem metallic-blauen Honda Accord stehen. Das war also sein Auto!
Er schloß den Kofferraum auf und öffnete ihn. Ich stand neben ihm und hob meinen Koffer hoch, um ihn hineinzustellen. Akobis hysterischer Aufschrei ließ ihn wieder auf das Straßenpflaster sinken. »Mensch, Mara! Vorsicht, hey, Frau, sei vorsichtig. Was du hier siehst, nennt man ein Auto. Es ist nicht nur niegel-nagel-neu, sondern auch bitter teuer. Wenn mir dein Koffer irgendetwas zerkratzt, werde ich sehr ungemütlich, okay?«
»Der Mann, bei dem ihn meine Mutter gekauft hat, sagte, der Koffer sei aus Leder«, protestierte ich halblaut. Ein Lederkoffer, das mußte er ja einsehen, konnte keine neuen Autos zerkratzen.
Aber Akobi war um eine Antwort nicht verlegen. »Das ist Leder und Metall«, fauchte er zurück und deutete vorwurfsvoll

auf die beiden Verschlüsse, »oder siehst du das nicht?« Ich erwiderte nichts. Mißmutig schnappte er den Koffer und plazierte diesen auf Samtpfötchen in den Kofferraum. Dann öffnete er die Fahrertür und bemerkte: »Hier vorne liegt so viel herum. Setz' dich hinten 'rein.«
Tatsächlich stapelten sich auf dem Beifahrersitz etliche Plastiktüten, Papiere und allerhand anderes Zeug. Also tat ich, wie mir befohlen. Ich hatte mich gerade hingesetzt, als er die Klappe des Handschuhfachs öffnete, ein gelbes Staubtuch hervorkramte, ausstieg und begann, an der Tür herumzuwischen, durch die ich gerade eingestiegen war. Dann kehrte er zurück, räumte den Lappen weg und ließ den Motor an.
Was sollte das nun wieder? Wollte er mich provozieren, oder war ihm eine Schraube herausgefallen? Eigentlich kam nur letzteres in Frage, denn warum hätte er mich provozieren sollen? Warum nur? Folglich war er nicht ganz richtig im Kopf. Diese Erkenntnis machte mich nervös und der Rücksitz erschien mir mehr und mehr als elektrischer Stuhl. Aufrecht, steif und angespannt saß ich da, hütete mich, irgendetwas anzufassen. Nur wenn Akobi auf die Idee gekommen wäre, mit Insektiziden um sich zu sprühen, hätte ich mich wohl vom Fleck bewegt.
Das Auto war offensichtlich sein Fetisch. So wie daheim sein Vater die Särge vergötterte, vergötterte Akoki dieses Fahrzeug. An dem Fetisch eines anderen herumzufummeln, das gehört sich eben nicht, Mara!
Geübt lenkte er den Wagen durch die breiten Straßen von Hamburg. Endlich hielt er vor einem alten Backsteingebäude. Er stellte den Motor ab und begann, die Taschen und Papiere vom Beifahrersitz neben mir auf die Rückbank zu befördern. Wir verharrten im Auto. Wo wir waren, ob er hier wohnte, erfuhr ich nicht. Wir saßen einfach schweigend da. Ungefähr eine Viertelstunde, in der er mindestens zwanzig Mal auf die Uhr gesehen hatte, war verstrichen. Jetzt stieg er aus und ging in die nahegelegene Telefonzelle. Das Gespräch war scheinbar

recht lustig, denn er kam aus dem Lachen nicht mehr heraus. Er kehrte zum Auto zurück, stieg aber nicht ein, sondern lehnte sich gegen die Kühlerhaube. Scheinbar wartete er auf jemanden. Schon kurz darauf kam eine junge weiße Frau auf ihn zu. Wahrscheinlich war sie aus dem Backsteingebäude gekommen. Sie lächelte, und Akobi grinste zurück. Als sie vor ihm stand, breitete sie die Arme nach ihm aus. Er umarmte die Frau, zog sie nah an sich heran und küsste sie auf beide Wangen. Sie wechselten ein paar Worte auf deutsch miteinander. Dann beugte sich die Frau vor und schaute lächelnd zu mir ins Auto. Niemand hatte mir gesagt, wie ich mich verhalten sollte, also lächelte ich dämlich zurück. War das seine Frau? Mußte ich von nun an Akobis Schwester spielen?

Sie deutete mir, das Fenster herunterzukurbeln. Ich begann an Griffen und Knöpfen herumzufingern, deren Funktion ich nicht kannte. Ich hatte keinen Schimmer, wie man an einem Auto irgendetwas öffnen konnte. Außerdem hatte ich panische Angst, durch meine Unkenntnis Akobis Fetisch zu beschädigen. Das hätte Konsequenzen nach sich gezogen, an die ich gar nicht zu denken wagte.

Ich blickte Akobi an. Die tiefe Sorge um die Unversehrtheit seines Autos spiegelte sich in seinem Gesicht wider. Auch schien ihn das, was er wahrscheinlich als meine natürliche Dämlichkeit ansah, stark zu irritieren. Alles Herumfummeln half nicht weiter, so daß Akobi zu mir ins Auto stieg, um mir, nicht ohne Häme, die nötigen Anweisungen zu geben. Dann steckte die Frau lachend den Kopf durch das Fenster und sagte »Hallo«. Freundlich lächelnd schüttelte sie meine Hand. Ein deutscher Wortschwall brach über mich herein. Ich verstand selbstverständlich nur Bahnhof. Ich muß sie wohl ziemlich blöde angestarrt haben. Jedenfalls schien es dem verunsicherten Akobi an der Zeit, die Initiative zu ergreifen. »Sie will wissen, wie es dir geht, und heißt dich in Deutschland willkommen«, erklärte er mir mit dem schon gewohnten hämischen Unterton. Er grinste steif und gequält. Akobi hatte sichtliche Mühe, die

Nerven zu bewahren und die Angelegenheit herunterzuspielen, damit die weiße Frau keinen Verdacht schöpfte.
Ich grinste weiterhin die Frau an.
Ich hätte »danke« sagen sollen, das war mir klar. Aber was hieß »danke« auf deutsch, bitte schön?
Sie hatte ihre Aufmerksamkeit sowieso schon wieder auf Akobi gerichtet. Sie unterhielten sich noch eine Weile, um schließlich ihr Küßchen-Ritual zu wiederholen. Dann zog die Frau winkend davon.
Akobi stieg wieder ins Auto. »Da hast du den Salat. Meine Frau ist schon weg. Weil ich dich abholen mußte, bin ich zu spät gekommen«, blaffte er mich an, sobald er sich gesetzt hatte. Hatte ich etwa gesagt, daß er mich um vier Uhr abholen sollte? Hatte ich nicht fix und fertig dagestanden, als er aufgetaucht war? War es etwa meine Schuld, daß seine Frau schon fort war? Ja, wer war ich denn?
Er ließ den Motor an. Der Beifahrersitz war jetzt frei, doch Akobi ließ mich weiter hinten sitzen. Während der knappen halben Stunde Fahrt sprach er keinen Ton. Viele Gebäude, zwei Bushaltestellen, eine Kirche glitten vorüber. Die Fahrt endete vor einer Reihe turmhoher Wohnsilos. Wir stiegen aus und Akobi öffnete den Kofferraum. Ich wollte den Koffer herausnehmen. Schließlich war ich es stets gewesen, die ihn zu schleppen hatte. Deshalb hatte ich allen Anlaß zu der Annahme, daß ich mir auch dieses Mal den Koffer zu schnappen hatte, während er untätig zusah und Kommandos zur Vermeidung von Kratzern an seinem Fetisch Auto erteilte. Ich streckte meine Hand nach dem Koffer aus, doch zu meiner grenzenlosen Überraschung schob Akobi meinen Arm zur Seite und bemächtigte sich selbst des Koffers. Ungläubig und respektvoll sah ich ihn an. Hatte er wirklich vor, den Koffer zu tragen? Doch schon war er unterwegs, den Koffer in der Hand. Was war plötzlich in ihn gefahren? Ich ging hinter ihm her.
Unser Weg führte an einem Hochhaus entlang, das wir schließlich durch eine große Glastür betraten. Wir stiegen treppauf in

den zweiten Stock. Dort blieben wir vor der zweiten Tür links stehen. Auf dem Flur zählte ich insgesamt fünf Türen. Akobi hatte einen Schlüssel hervorgekramt und ins Schlüsselloch gesteckt. Plötzlich spürte ich wieder in aller Deutlichkeit, welches Schauspiel auf dem Programm stehen würde. »Wenn wir 'reinkommen und sie steht mir gegenüber, was mache ich dann?« fragte ich nervös.

Akobi wandte sich ruckartig um und warf mir einen scharfen Blick zu. Einen Moment lang dachte ich sogar, jetzt setze es Hiebe. Ich war entsetzlich aufgeregt, jedoch, so spürte ich, nur halb so nervös wie Akobi. Eine falsche Bewegung und ich würde die ganze Tour vermasseln. Ich wußte nicht genau, was mir in diesem Fall blühen würde. Doch was Akobi geblüht hätte, das wußte ich so sicher wie das Amen in der Kirche: die rote Karte! Und die fürchtete er wie der Teufel das Weihwasser. Und diese Aussicht machte ihn hypernervös.

»Du mußt dich zusammenreißen, Mara. Reiß dich bloß zusammen, Frau«, zischte er warnend. Seine Augenbrauen kräuselten sich vor Ärger und wohl auch vor Angst.

Reiß dich zusammen? Da stand er nun, mit meinem Koffer in der zitternden Hand. Ich hätte laut loslachen können. Reiß dich zusammen? Wenn sich jemand zusammenreißen mußte, dann war er es! Ich blickte ihn gedankenversunken an, er öffnete die Tür.

»Gitte!« rief er, als wir eintraten. Keine Antwort. »Gitte!« Es blieb still. Er hastete, meinen Koffer noch immer in der Hand, durch die Wohnung, spähte in alle Zimmer und rief pausenlos nach dieser Gitte. Er inspizierte Küche, Bad, Schlafzimmer, um zurück im Wohnraum tief durchzuatmen. Resigniert zuckte er die Schultern. Plötzlich mußte ihm wohl mein Koffer brandheiß in den Sinn gekommen sein. Sofort ließ er ihn niedersausen und blickte ihn zornig an. Er knurrte und seufzte erneut. Dann stammelte er etwas, was sich wie ein Fluch anhörte. Abwechselnd warf er dem Koffer und mir bitterböse Blicke zu. Tröstlich, daß Koffer – jedenfalls das von mir verwendete Modell –

weder hören noch sehen noch fühlen können. Mir drängte sich der Verdacht auf, daß Akobi ihn nur in der Annahme getragen hatte, Gitte könnte unsere Ankunft von Schlafzimmerfenster aus beobachten. Sie sollte Zeugin eines Lehrstücks mit dem Titel »Der große Bruder kümmert sich um seine kleine Schwester« werden. Aber Gitte war gar nicht zu Hause und die ganze Mühe war für die Katz gewesen. Deshalb ernteten mein Koffer und ich die bösen Blicke. Er war stinksauer, denn Akobi machte nichts umsonst, oder zumindest haßte er es inbrünstig, irgendetwas umsonst zu tun.
Ich hätte mich gerne hingesetzt, doch ich hatte nicht den Mut dazu. Womöglich hätte er mich sofort wieder hochgejagt, um seine Couch sauber zu halten. Ich zog es also vor, stehen zu bleiben. Würde er demnächst von mir verlangen, mich an die Decke zu hängen, damit meine Füße keine Schmutzflecken auf seinem Teppich hinterlassen konnten? Ich mußte es abwarten.
Er wollte sich gerade ins Schlafzimmer verdrücken, als wir beide ein Geräusch vernahmen, daß wir erwartet und gefürchtet hatten: das Klappern eines Schlüssels an der Wohnungstür.
»Reiß dich zusammen«, zischte er erneut.
Die Tür ging auf und Gitte stand da. Welch ein Anblick! Schulterlanges, kastanienbraunes Haar, kurz, stämmig, rundlich. Sie trug einen wollenen, grauen Rock, ein dunkelgrünes Sweatshirt und schwarze Cowboy-Stiefel.
Das war also Gitte!
Bisher hatte ich mir von weißen Frauen immer ein anderes Bild gemacht: groß, schlank, langbeinig, blond, funkelnd blaue Augen und lange, rotlackierte Fingernägel. So wie in den Filmen, die ich zu Hause gesehen hatte. Die Gitte meines Mannes glich allem möglichen, nur nicht diesen Frauen. Hatte Akobi Tomaten auf den Augen, oder waren für Schwarzafrikaner keine anderen Frauen als diese Gittes zu haben?
Er stürzte wie ein Blitz auf sie zu, doch sie begrüßte ihn nicht gerade herzlich. Wahrscheinlich war sie wütend wegen seiner Verspätung, jedenfalls tauschten sie vor meinen Augen ein paar

Unfreundlichkeiten auf deutsch aus, die ich natürlich nicht verstand. Schließlich mußte Gitte ihm wohl so etwas wie einen Befehl erteilt haben, denn Akobi nickte gehorsam, während sich Gitte abwandte und wütend ins Schlafzimmer stapfte. Er trottete hinter ihr her, ohne mich eines Blickes zu würdigen. Keiner von beiden schien sich in diesem Moment meiner Anwesenheit bewußt zu sein.
Ich hörte, wie im Schlafzimmer ihr Gezänk weiterging. Dann wurde es immer ruhiger, und schließlich herrschte für die nächsten zwanzig Minuten völlige Stille. Unterdessen stand ich noch immer im Wohnzimmer und wagte nicht, mich zu setzen. Endlich tauchte ein geknickter, unablässig grinsender Akobi auf. Gitte hatte ihn vor mir herumkommandiert. Das hatte ihn gedemütigt, sein Ego brutal verletzt. Es raschelte hinter der Schlafzimmertür. Jeden Moment würde die Tür aufgehen und Gitte würde uns im Wohnzimmer Gesellschaft leisten. Akobi hatte sein Grinsen inzwischen abgelegt. Er hatte wieder zu seinem gewohnten Kommandoton zurückgefunden. »Jetzt mach' nicht so ein Gesicht, Frau. Merkst du nicht, daß sie schon mißtrauisch geworden ist? Hör mal, ich will nicht noch mehr Ärger. Zusammenreißen und lächeln! Lääächeln!«
Wer weiß, was er sich noch alles hätte einfallen lassen, wäre nicht Gitte endlich aus dem Schlafzimmer hervorgekommen. Sie wirkte wie ausgewechselt und kam lächelnd auf mich zu. »Willkommen«, begrüßte sie mich und gab mir die Hand. Flüchtig bemerkte ich, wie Akobi die Zähne fletschte. Sollte es nun ein gekünsteltes Lächeln sein oder ein unangebrachtes Grinsen? Oder vielleicht beides? Ich hätte Kopf und Kragen verwettet, daß er sich gerade selbst auf die Schulter klopfte: Gut gemacht! Hinter der Schlafzimmertür hatte er die Angelegenheit wieder ins Lot gebracht.
Gitte hielt etwas für mich in der Hand. Welche Überraschung! »Für mein schlechtes Benehmen«, bedauerte sie und gab mir einen Ring. »Sie will sich bei dir entschuldigen, weil sie sich eben so schlecht benommen hat«, übersetzte Akobi eilfertig

und unaufgefordert. Er erinnerte mich an einen aufgeregten Pfau; offensichtlich war ihm ein Mühlstein vom Herzen gefallen. Er plapperte sofort weiter: »Reines Silber, der Ring ist aus purem Silber. Gitte hat ihm beim Versandhaus bestellt. Aber sie ist allergisch gegen Silber, hat man jetzt festgestellt.«
Mit einer leichten Verbeugung nahm ich den Ring dankend entgegen. Unvermutet umfaßte sie meine Schultern und küßte schwesterlich meine Wangen. Ich war bewegt und fühlte mich plötzlich schuldig. Wie lange würde ich es durchhalten, sie zu beschwindeln, wenn sie sich weiterhin so warmherzig zeigen würde?
Wir setzten uns hin. »Hast du Durst?« fragte mich Gitte. »Ja, bitte«, antwortete ich wahrheitsgetreu. Gitte erhob sich und verschwand in der Küche, um mit einer Dose Sprite für mich zurückzukehren. Dann wollte sie wissen, ob ich Hunger hätte. Mir lief das Wasser im Munde zusammen, doch nach einem verstohlenen Blick auf Akobi zog ich es vor, meinen Appetit zu leugnen. Meine Verunsicherung war Akobi nicht entgangen. »Du hast keinen Hunger?« mischte er sich sofort ein. »Klar hat sie Hunger, aber sie traut sich nicht, es zuzugeben. Afrikanischer Komplex«, wandte er sich an Gitte in der Erwartung, diese würde nun bereitwillig aufspringen und so, wie sie mir zuvor die Limonade geholt hatte, in der Küche eine Mahlzeit für mich richten; ganz die reuige, ach so gütige und nette Schwägerin. Doch diesmal hatte er sich zu weit aus dem Fenster gehängt. Kaum hatte er zu Ende gesprochen, hielt ihm Gitte so etwas entgegen wie: »Und warum sitzt du dann noch hier? Nimm die Beine in die Hand und koche etwas für sie. Die Hähnchenschenkel sind aufgetaut, und Reis habe ich mitgebracht.«
Ich brachte den Mund nicht mehr zu vor lauter Staunen. Akobi sollte kochen? Für mich?
Oje, die Konsequenzen würde ich noch zu spüren bekommen. »Nein, wirklich nicht. Ich bin nicht hungrig. Ehrlich!« versuchte ich zaghaft zu protestieren. Gleichzeitig knurrte mein Magen

heftig und für alle vernehmbar. Gitte ließ sich nicht mehr umstimmen. »Aber ich habe Hunger«, entgegnete sie, »und wenn ich esse, dann esse ich mit dir.«
Mein lieber Gatte Akobi! Einst hatte er mir bittere Vorwürfe gemacht, wenn ich mit seinem Essen auch nur eine Minute zu spät dran war, hatte mich oft seinen harten Knöchel spüren lassen, wenn ich ihm nicht die richtige Menge Wasser zum Händewaschen nach der Mahlzeit im Kessel angewärmt hatte. Eben dieser liebe Gatte Akobi trottete nun auf Anweisung seiner weißen Frau in die Küche. Ein gebrochenes Ego. Nur wenig später sollte mich das Klappern von Löffeln und Pfannen davon überzeugen, daß er seine Aufgabe in Angriff genommen hatte. Akobi brutzelte Hähnchenschenkel für Mara!
Das mußte ich erst einmal verarbeiten. »Ich kann ja kochen, wenn ihr mir die elektrischen Küchengeräte erklärt«, schlug ich zusehends beunruhigt Gitte vor. »Oh, nein!« entgegnete sie nachdrücklich. »Du bist der Gast und in die Küche würde ich dich als allerletztes lassen.« Gitte sprach gebrochen Englisch, genau wie ich. Notfalls nahmen wir Hände und Füße zur Hilfe, so daß keine Verständigungsprobleme aufkamen. »Cobby, weißt du was?« verkündete Gitte aufgeregt in Richtung Küche, »die Verständigung zwischen Mara und mir klappt ja viel besser, als ich dachte.« Noch während sie die Gründe dafür darlegte, kam Akobi mit einem Satz aus der Küche gesprungen. Gittes frohe Botschaft machte ihn offensichtlich überhaupt nicht glücklich... aber überhaupt, heiliger Bimbam, wie sah der denn aus? Eine Schürze um die nicht vorhandene Hüfte geknotet, mit einem großen Küchenmesser bewaffnet. Wenn das die Götter und Ahnen von Naka sehen würden!
»Sei bloß vorsichtig, was du Gitte antwortest. Du, mit deiner großen Klappe«, warnte er mich in unserer Heimatsprache, »vielleicht habe ich ihr dasselbe vorher schon einmal anders erzählt. Widersprüche kann ich nun bitte nicht gebrauchen.«
»Ich sage nur die Wahrheit. Wenn du das vorher auch gemacht hast, brauchst du auch keine Widersprüche zu fürchten«, hielt

ich dagegen. Er hatte alle Mühe, die Fassung zu wahren und seine verräterische Wut zu unterdrücken.
»Diese Frauen hier«, fabulierte er, »sind sehr, sehr schwierig. Es ist manchmal einfach besser, sicherer und der Harmonie dienlicher, ihnen die Wahrheit vorzuenthalten. Die verstehen uns einfach nicht.«
Gittes verwirrter Blick wanderte unentwegt zwischen uns hin und her. Ein tiefes Mißtrauen hatte sie erfaßt. Akobi grinste sie an. »Was hast du gesagt? Was ist?« fragte sie dauernd dazwischen. »Ich habe Mara gesagt, sie soll dir von unseren Hochzeitsbräuchen erzählen«, erklärte Akobi auf deutsch, »wir haben ja schon mal darüber gesprochen, was auf mich zukommt, wenn wir zu meiner Familie nach Afrika kommen.« Dann wandte er sich wieder mir zu. »Und du, merke dir«, begann er zähnefletschend, »für sie ist unser Vater ein großer und wichtiger Häuptling, mit vielen Dienern und Untertanen und so. Erzähl ihr bloß nicht, daß er die Särge für die Cholera-Leichen schnitzt, verstanden?«
Er verschwand wieder in der Küche. Hilflos lächelte ich Gitte zu.
Glücklicherweise nahm Gitte Akobis Geschichte für bare Münze. Ihr Mißtrauen war verflogen.
»Als ich deinen Bruder kennengelernt habe, war er ein Faulpelz«, wandte sie sich mir vertraulich zu. In ihrem gebrochenem Englisch fuhr sie fort: »Ein fauler Afrikaner. Das hat mich anfangs gewundert. Hier heißt es immer, Afrikaner sind zu harter Arbeit willig, und Gott habe sie als fleißige Knechte unserer Erde geschaffen...«
Ich zuckte zusammen.
»... aber Cobby war da anders. Also dachte ich mir: mein Cobby ist gar kein richtiger Afrikaner. Dann hat er mir aber von eurem Vater, dem Häuptling, erzählt. Ich erfuhr, daß ein afrikanischer Prinz gar nicht arbeiten darf. Dazu gibt es ja die vielen Diener. Also habe ich es eine Weile toleriert. Aber schließlich entschied ich, daß es nicht so weitergehen konnte. Das habe ich ihm auch

gesagt. Cobby, sagte ich, ich weiß, du bist ein afrikanischer Prinz, aber wir sind hier nicht in Afrika. Wir sind in Deutschland...«

Ich mußte laut loslachen. Lebhaft war mir das Bild in Erinnerung, das mir Akobi zu Hause geboten hatte. Bei Tagesanbruch war er aufgestanden, um noch einen Platz in den öffentlichen Waschräumen zu finden. Sein Weg zur Bushaltestelle hatte an der öffentlichen Bedürfnisanstalt und schier unermeßlichen Abfallbergen vorbeigeführt. Im Pendelbus für öffentliche Angestellte war er einer unter vielen. Und dieser Akobi wollte plötzlich ein afrikanischer Prinz mit Dienerschaft sein!

Die arme Gitte verstand meine Heiterkeit über ihr Müllprinzen-Märchen völlig falsch. Sie fuhr mit wachsender Begeisterung fort, als wolle sie bei mir mit ihrer erfolgreichen Umerziehung des »schwarzen Prinzen« Sympathiepunkte sammeln.

»Mara, glaube mir, hier muß er ’ran. Zur Frühschicht hat er spätestens um fünf vor vier in seiner Fabrik anzutreten. Acht Stunden von vier bis zwölf. Am angenehmsten ist ihm die Spätschicht von zwölf bis acht Uhr abends. Von acht Uhr abends bis vier Uhr morgens dauert die Nachtschicht. Die haßt er wie die Pest, weil er keinen Schlaf kriegt. Er führt hier das Leben eines stinknormalen Arbeiters. Ich habe ihm die Umstellung so leicht gemacht, wie es eben ging, weißt du«, ergänzte sie mit stolzgeschwellter Brust. »Was wird wohl dein Vater sagen, wenn er erfährt, daß Cobby hier arbeitet, daß er keinen standesgemäßen Lebenswandel führt?« wollte sie plötzlich von mir wissen.

»Oh, äh...« Mit dieser Frage hatte ich nicht gerechnet. »Nichts«, lächelte ich schließlich gequält. Ich wollte nichts Falsches sagen, falls Akobi ihr zuvor schon eine andere Geschichte aufgetischt hatte. Eine berechtigte Befürchtung, wie sich alsbald herausstellen sollte.

»Nichts?« Gitte sah mich verblüfft an. Die Enttäuschung stand ihr aus mir unerfindlichen Gründen ins Gesicht geschrieben.

»Nichts«, wiederholte ich, dieses Mal mit etwas mehr Nach-

druck. Akobi hätte mir von der Küche aus schon die Leviten gelesen, falls ich einen kapitalen Bock geschossen hätte. Doch eine besonders glückliche Antwort hatte ich Gitte offensichtlich auch nicht gegeben.
»Tja, das verstehe ich nicht«, wunderte sich Gitte, »dein Bruder hat mir prophezeit, einige Kühe und Ziegen opfern zu müssen, um euren Vater zu versöhnen.«
»Wenn er davon erfährt...«, begann ich, ohne zu wissen, wie ich den Satz zum Abschluß bringen sollte, »... tja, ich... ich werde schon verhindern, daß er es erfährt. Falls doch, werde ich ihm klarmachen, daß du nur das Beste für Ako... äh Cobby im Sinn gehabt hast.«
»Halt endlich dein großes Schandmaul!« dröhnte Akobis erboste Stimme durch die Küchentür.
An dieser Stelle muß es einfach gesagt sein: Einen so großen Mund, wie Akobi immerzu behauptete, habe ich gar nicht.
»Was hat er gesagt?«, wollte Gitte wissen.
»Er freut sich, daß ich deine Verdienste zu würdigen weiß, Gitte«, erklärte ich.
Gitte lächelte zufrieden und seufzte tief. »Ich weiß ja, wie bitter das ist. Mit den afrikanischen Prinzen kenne ich mich ja nicht so aus. Aber ich kann beurteilen, wie die Prinzen in Europa leben. Zum Beispiel in England, Schweden... Falls es in Afrika genauso ist, ist es schon eine Schande. Prinz Cobby kommt hierher und muß in der Fabrik Schicht schieben. Aber es geht nicht anders. Unser Haus muß rechtzeitig fertig werden. In spätestens zwei Jahren will ich nach Afrika auswandern. Das ist der springende Punkt. Wie weit sind sie eigentlich mit dem Bau? Hast du ihn vor deiner Abreise nochmal besichtigt?«
»Was?« stellte ich mich schwerhörig, um Zeit zu gewinnen.
»Na, das Haus!«
»Welches Haus?« fragte ich stirnrunzelnd.
Ein lautes Scheppern aus der Küche sorgte für eine willkommene Atempause in unserer peinlichen Unterhaltung.
Ich sprang auf und eilte in die Küche.

Akobi hatte vier Teller zerdeppert. Natürlich mit voller Absicht. Gitte war mir in die Küche gefolgt. Akobi kehrte gerade die Scherben zusammen. »Du weißt gar nichts von unserem Haus?« fragte sie mich besorgt.
Akobi hatte seinen Dackelblick aufgesetzt. »Nicht das Haus, das Vater für uns am Meer gebaut hat, Mara«, beeilte er sich zu erklären. »Gitte spricht von meinem Haus in den Bergen.«
Eine Weile betrachtete ich ihn ratlos, ehe mir das Licht aufging. »Ach ja, das Haus«, entgegnete ich überschwenglich, »tut mir leid, das habe ich falsch verstanden. Deshalb war ich ein wenig durcheinander. Mit dem Fundament geht's flott voran.«
Wieder ein Schuß in den Ofen!
»Fundament?« kreischte Gitte.
Akobi sah mich an. Wenn Blicke töten könnten! »Der Untergrund ist eben schlecht«, mühte er sich verzweifelt um Klärung.
»Warum hast du mir nichts davon gesagt?« brüllte Gitte.
»Ich fürchtete, du hättest dann alles hinschmeißen wollen, Gitte. Nur deswegen«, log Akobi weiter, »aber eigentlich ist es ein feines Plätzchen, in traumhafter Umgebung. Ein grundsolides Fundament ist in der Tat alles, was wir brauchen. Mehr nicht.«
»Liegt es am Wetter?« bohrte Gitte weiter. Sie sah mich fragend an.
»Ja, ja, am Wetter«, bestätigte ich, »zu heiß.« Ich wagte nicht, Akobi anzusehen. Gitte lächelte. Ihre Neugierde schien für den Moment gestillt. Doch vollkommen überzeugt hatten wir sie offensichtlich nicht.
Wir kehrten ins Wohnzimmer zurück. Akobi hatte Tränen in den Augen. Vom Zwiebelschneiden. Da saßen wir nun. Ich fühlte mich überhaupt nicht wohl in meiner Haut. »Siehst du, deswegen haben wir den Swimming-Pool von vornherein mit eingeplant«, begann Gitte unvermittelt.
»Wobei?« – »Bei dem Haus. Das heiße Klima. Hast du den Grundriß nicht gesehen? Ein Swimming-Pool ist dabei.«
Oh, mein Kopf! Swimming-Pool! Ich lächelte ihr zu und fühlte mich schuldig. Wie konnte Akobi ihr so gigantische Lügen

auftischen, ihr solche Flausen in den Kopf setzen, sie mit falschen Träumen von einer herrlichen Zukunft in Afro-Utopia alleine lassen? Die Leute sterben den Hungertod, denn es gibt zuwenig Wasser zum Trinken und zum Bewässern der Felder. Aber ein Swimming-Pool muß sein!

Jetzt fiel mir auch nichts mehr ein. Außerdem hatten meine Versuche, die Dinge geradezubiegen, die Angelegenheit sowieso nur weiter kompliziert. »Jetzt mußt du mal was sagen«, rief ich also in die Küche, »ich weiß nicht mehr, was ich sagen soll.«

Sofort steckte Akobi den Kopf durch die Küchentür. »Gitte, jetzt reicht's«, mahnte er, »siehst du nicht, was du gemacht hast? Sie jammert schon, daß du sie so ausquetschst. Sie ist doch gerade erst angekommen. Das ist nicht nett von dir. Wenn das jemand mit dir machen würde, was würdest du dann sagen?«

In diesem Moment haßte ich Akobi! Gittes Kopf lief rot an, beschämt wandte sie sich mir zu, ergriff meine Hände und sprach: »Entschuldige, Mara.«

»Sie bittet um Verzeihung«, rief Akobi.

Ich schloß Gitte in mein Herz.

»Laß die Seelen unserer Familie eine Weile in Ruhe«, fuhr Akobi an Gitte gewandt fort, »du hast ihre Namen so oft gerufen, daß sie, falls sie gerade im Bett liegen, im Schlaf rotieren werden. Wenn sie gerade essen sollten, werden sich ihre Mägen verkrampfen. Das haben sie nicht verdient!«

Genau das war, wie ich später erkannte, Akobis Masche. Immer wenn es mulmig wurde, bemühte er überzogene Sinnbilder des Aberglaubens. Damit traf er den schwachen Punkt seiner Frau Gitte, die wie alle Europäer den Afrikaner als ein dem primitiven Aberglauben tief ergebenes Wesen betrachtete.

Sie haben sich ihr eigenes Bild von uns zurechtgeschustert, würde Osey sagen, primitiv, ungehobelt, ordinär. Sollen sie nur. Wir ziehen unseren Vorteil daraus.

Entscheidungen

Alle Achtung, mein Akobi war ein ganz brauchbarer Koch geworden. Nachdem wir gegessen hatten, stand nun die Frage im Raum, wo ich in der Nacht schlafen sollte. Mein Koffer stand unterdessen noch immer im Wohnzimmer. Das Zwei-Zimmer-Apartment bestand aus einem Schlaf- und einem Wohnraum, somit lag nahe, daß ich in letzterem Platz finden würde.

»Willst du auf der Couch oder lieber mit einer Matratze auf dem Boden schlafen?« wollte Gitte wissen.

»Couch?« warf Akobi, wie aus der Pistole geschossen ein, »Kommt überhaupt nicht in Frage. Die Matratze ist besser, bequemer... das gefällt ihr bestimmt besser.«

Gitte wollte das von mir bestätigt wissen. »Ja, klar«, blies ich in dasselbe Horn, wenngleich Akobi seine einsame Entscheidung gewiß nicht aus Sorge um meine Bequemlichkeit getroffen hatte. Vielmehr fürchtete er, meine großen, schwarzen Füße könnten seine Couch verderben oder beschmutzen. Wie man schon bei seinem Auto gesehen hatte, litt er an Wahnvorstellungen seiner neuen Errungenschaften wegen, die zu besitzen er einst zwischen den vier Wänden des verrosteten Verschlages Alhajis geträumt hatte. Er hätte sie am liebsten dick in Watte gepackt. Ihnen zuliebe schreckte er vor nichts zurück, und wenn er mich dabei auch bis an das Ende meiner Tage gedemütigt hätte.

Früher war ich zu schäbig, um von seinen Arbeitskollegen als Ehefrau erkannt zu werden. Jetzt war ich zu schäbig, neben ihm im Auto zu sitzen und schäbig genug, meinen Koffer allein zu tragen. Und ich war zu schäbig, meinen Körper auf seiner wunderschönen Couch auszustrecken.

Warum hatte er mich überhaupt hierhergeholt? Diese Frage brannte mir unter den Fingernägeln.

Heute hatte er Nachtschicht, und er mußte sich um halb acht abends auf den Weg machen. Mich mit Gitte alleinzulassen, bereitete ihm offensichtlich Kopfzerbrechen. Jede Minute, die verstrich, brachte mir neue Warnungen und Ratschläge, natürlich in unserer Muttersprache. Nur kein falsches Wort, nur keine Widersprüche!

»Wenn sie irgendwie dumm fragt, wenn dir etwas nicht geheuer vorkommt, weißt du ja Bescheid. Tu einfach, als ob du ihr gebrochenes Englisch nicht verstehst, kapiert? Nun noch etwas. Das ist gaaanz wichtig! Wenn sie etwas über irgendwelche Cousinen in unserer Familie wissen will, hältst du den Mund. Ist das klar? Du darfst mir jetzt keine Zicken machen, Mara«, fügte er warnend hinzu. »Ich habe dich hierhergeholt und deine Mutter und deine Familie können mir sehr dankbar sein. Und du solltest es auch sein. Wenn du mich hier um mein Bleiberecht bringst, Mara, das überlebst du nicht, sag' ich dir.«

Überlebte ich nicht...?

Es drehte sich natürlich um seine Ehe. Ein falsches Wort von mir, und Gitte wäre ihm auf die Schliche gekommen. In diesem Fall hätte sie zweifellos die Scheidung eingereicht. Dann wären Akobi die Behörden im Nacken gesessen, und er hätte sich schon in der nächsten Minute im erstbesten Flugzeug gen Heimat wiedergefunden. Darauf konnte er Gift nehmen. Nur seiner Ehe mit einer deutschen Staatbürgerin verdankte er die weitere Duldung im Land seiner Träume. Bei einer Scheidung mit Gitte wäre er die längste Zeit Ehemann einer Deutschen gewesen und hätte automatisch sein Bleiberecht eingebüßt. Und die deutschen Behörden waren mächtig auf Draht, wenn es um die Ausweisung geschiedener Ausländer ging. Sich schnell an eine andere Deutsche heranzumachen und diese vielleicht noch zu heiraten, dazu hätten sie Akobi wohl kaum Zeit gelassen.

Sobald Akobi seiner Wege gegangen war, schützte ich Müdigkeit vor und legte mich auf meiner Matratze im Wohnzimmer schlafen. Ich wurde nämlich das Gefühl nicht los, daß Gitte so einiges auf dem Herzen hatte.

Den nächsten Tag verbrachte ich im wesentlichen allein. Gitte war von acht Uhr morgens bis fünf Uhr nachmittags bei der

Arbeit. Akobi machte mir in der Küche Vorschriften, wann und was ich zu kochen hätte, und verschwand dann mit unbekanntem Ziel. Am Abend ging Akobi wieder arbeiten, und Gitte verließ mit ihm das Haus. Sie besuchte das Treffen einer Umweltschutzgruppe.

Der dritte Tag kam und brachte mich gleich in die nächste Zwickmühle.

Auch an diesem Abend war Akobi zur Arbeit, und Gitte und ich waren unter uns. Wir blieben fast die ganze Nacht wach. Ich hätte mich wieder müde stellen und früh zu Bett gehen können. Doch damit hätte ich ihren Verdacht erregt, einem Gespräch unter vier Augen aus dem Weg gehen zu wollen. Das hätte nur ihr Mißtrauen geweckt. Also sahen wir zusammen fern. Es gab einen deutsch-synchronisierten Ami-Streifen. Ich unterhielt mich prima, obwohl ich kein Wort verstand. Danach verschwand Gitte in Richtung Schlafzimmer.

Ich hing noch immer vor der Glotze. Wahrscheinlich hätte ich noch bis Sendeschluß die bunten Bilder bestaunt und nichts verstanden, wenn Gitte nicht plötzlich nach mir gerufen hätte. Widerstrebend ging ich zu ihr.

In der Hand hielt sie ein wunderschönes Batik-Tuch, ganz offensichtlich von einem unserer kunstfertigen heimischen Meister angefertigt. Gitte hielt es mir entgegen, lächelte über das ganze Gesicht und erwartete offensichtlich eine Reaktion von mir. Was sollte das schon wieder? Wäre doch Akobi dagewesen! Als die gewünschte Reaktion ausblieb, rief sie mir zu:

»Erinnerst du dich überhaupt nicht?«

»Was?«

Sie ließ den Arm sinken und starrte mich befremdet an: »Den hast du mir doch geschenkt. Osey hat ihn doch mitgebracht, als er letztes Jahr daheim war.«

»Habe ich das?« stammelte ich.

Aus Gittes Verwunderung wurde Mißtrauen.

»Dann stimmt das gar nicht?«

»Ich weiß nicht mehr«, versuchte ich, das Beste aus der Situa-

tion zu machen, »vielleicht war es ja eine meiner Schwestern.« Doch ich hatte zu spät geschaltet.
»Ach, und warum hat Cobby gesagt, es sei von dir?« hakte Gitte nach. »Als er gesagt hat, daß du zu uns kommst, habe ich ihn gefragt, welche Schwester denn käme. Und Cobby hat gesagt, es sei die, die mir das hübsche Tuch geschickt hat. Warum sagt er so etwas, wenn es nicht stimmt?« erkundigte sich Gitte, offensichtlich deprimiert und niedergeschlagen.
»Ach, Gitte, wir sind sooo viele Schwestern daheim. Osey hat das durcheinandergebracht.«
»Oh, nein«, erwiderte Gitte hartnäckig und bestimmt, »nix da, Cobby hat das gesagt. Er hat deinen Namen genannt, Mara, deinen Namen!«
»Na siehste, das habe ich ja gemeint. Nicht Ako... äh Cobby hat das verwechselt, sondern Osey. War es nicht Osey, der heimgeflogen und mit dem Tuch zurückgekehrt ist? Und wenn Osey mit einem Tuch für dich ankommt, das angeblich von Mara ist, was soll Cobby anderes sagen?«
»Nun ja«, murrte sie wenig überzeugt, »dann wird es wohl so sein, denke ich.« Sorgfältig und bedächtig legte sie das Tuch zusammen.
Ich verließ den Raum und betete zu Gott: »Großer Gott, der du da oben irgendwo über den Wolken sitzt, wie Mutter immer gesagt hat, der du über allen Göttern von Naka schwebst, der du dem Gott des weißen Mannes, dem Gott der Moslems, dem Gott der Asiaten, und allen, allen anderen Göttern vorstehst... bitte gib mir die Kraft, meine Rolle zu spielen!«
Ich hegte allerdings meine Zweifel, ob er mich erhört hatte und ob er mich, falls er mich erhört hätte, mit der gewünschten Portion Kraft gesegnet haben würde.
Jetzt lebten wir drei Wochen zusammen. Eines Tages rief Akobi nach mir und sagte: »Allmählich wird es Zeit, daß wir uns mit dir befassen, mit deiner Arbeit, deinem Unterhalt... überhaupt, warum du hier bist, mit Papieren, Geld und allem, was dazugehört...«

»Ich bin ganz Ohr.«
»Es gibt eine ganz bestimmte Tätigkeit, der hier fast alle afrikanischen Frauen nachgehen. Doch dafür bist du noch etwas zu grün hinter den Löffeln. Wir brauchen noch ein wenig Zeit, um dich vorzubereiten«, erklärte mir Akobi.
»Was ist das denn für ein Job?« wollte ich wissen.
»Das werden wir dir schon rechtzeitig erklären«, erwiderte er. »Bis es soweit ist, müssen wir etwas anderes für dich arrangieren.«
Schon in der nächsten Wochen fand ich mich als Hausmädchen einer deutschen Familie wieder, dreimal die Woche, und gelegentlich, auf Wunsch der Dame des Hauses, am Wochenende. Jede müde Mark schob Akobi ein, als Gegenleistung für das Dach über dem Kopf, das Gitte und er mir gewährten, als Essens- und Benzinzuschuß, als nachträglichen Beitrag zu meinen Reisekosten oder als Anteil zu den Vorabinvestitionen, die mein künftiger, lukrativer Job erforderte.
Meine Garderobe bestand weiterhin nur aus der Jeanshose und dem Sweatshirt, sowie zwei weiteren Sweatshirts, die mir Gitte vermacht hatte.
Gitte arbeitete in einer Pappkartonfabrik. Ihr Lohn wanderte auf ein gemeinsames Konto, das sie mit Akobi eröffnet hatte. Dieses Konto diente zum Teil der Rückzahlung eines Bankkredites, den die beiden für Möbel, Auto und ähnliches aufgenommen hatten. Der größere Teil des Geldes floß jedoch in den Bau des Hauses in Afrika, eines Hauses, von dem ich totsicher wußte, daß es überhaupt nicht existierte. Auch Akobi wußte, daß es nicht existierte. Nur Gitte glaubte treu und fest daran, und ich konnte ihr nicht die Augen öffnen, weil auch ich nicht die war, für die sie mich hielt.
Ich arbeitete als Hausmädchen und wandelte mich auch – langsam, aber sicher – zum Hausmädchen für Akobi und Gitte. Vor meinem Auftauchen hatten sie sich den Haushalt geteilt: das Kochen, Abwaschen, Putzen, Bügeln. Am Anfang hatte ich es ihnen gerne abgenommen, denn als ich noch nicht als Haus-

mädchen arbeitete, hatte ich den ganzen lieben langen Tag zu Hause gesessen, während die anderen zur Arbeit gingen. Es erschien mir nur recht und billig, mich um den Haushalt zu kümmern. Im wesentlichen kochte und bügelte ich und hielt Wohnzimmer und Bad sauber. Dann und wann schwang ich im Schlafzimmer den Staubsauger. Das genügte, denn ihr Bett war gottlob immer gemacht.

Dann fing ich also als Hausmädchen an. Das war kein Zuckerschlecken, denn ich hatte für eine sechsköpfige Familie parat zu stehen: Papa, Mama und vier Kinder, darunter zwei sehr schlampige Teenager.

Auch wenn ich selbstverständlich nichts dagegen gehabt hätte, bildete ich mir gewiß nicht ein, daß die Hausarbeit fortan durch drei geteilt würde. Doch war ich genausowenig darauf gefaßt, zusätzlich zum Bügeln, Kochen und Putzen, neuerdings auch noch ihr Bett machen zu müssen, oder genauer gesagt, daß dies von mir erwartet würde. Ich hatte bald gemerkt, daß sie sich beim Bettenmachen abwechselten: vier Wochen Gitte und vier Wochen Akobi. In den ersten drei Wochen nach meiner Ankunft, in denen ich nicht zur Arbeit ging, war Gitte an der Reihe. Was erklärte, warum das Bett immer ordentlich gemacht war, bevor sie zur Arbeit gingen. Nun aber war Akobi dran. Wußte er, daß ich nicht arbeiten gehen und zu Hause die Hausarbeit in Angriff nehmen würde, ließ er das Bett, wie es war. Natürlich erwartete er, daß ich das übernehmen würde. Aber genau das tat ich nicht. Wirklich nicht, nie und nimmer. Genau das merkte Akobi. Und genau das ärgerte ihn.

Für alle, die keine Waschmaschine besaßen, gab es im Keller Münzwaschautomaten. Hier erledigte Gitte unsere Wäsche, offensichtlich die einzige Hausarbeit, die sie sich nicht mit Akobi teilte. Meine persönlichen Habseligkeiten waren durch einen Rock ergänzt worden, den mir Vivian per Post geschickt hatte. Bestenfalls durch diesen Rock und die beiden Sweatshirts vergrößerte ich Gittes wöchentlichen Wäschehaufen. Bis jetzt hatte niemand darüber ein Wort verloren. Eines schönen Tages beschloß ich, mich meiner Jeans zu entledigen, um sie Gitte in der Maschine waschen zu lassen. Akobi entdeckte die Hose im randvollen Wäschekorb. »Kannst du deine Jeans nicht selbst waschen?« kam er auf mich zu, »die färbt ab, verstehst du? Außerdem hat Gitte schon genug zu tun. Zu Hause wäscht du doch auch mit der Hand, also dürfte das ja für dich kein Problem sein, oder?«

Ich staunte nicht schlecht, doch hatte ich seine Botschaft verstanden.

»Nein, das ist kein Problem. Ich kann sie auch mit der Hand waschen«, antwortete ich kleinlaut und trottete ins Bad, um die Hose aus der Wäsche zu ziehen.

»Natürlich kannst du mit deinen Händen waschen, Mara«, hörte ich ihn zu meiner Überraschung höhnen. Er war mir ins Bad gefolgt. »Ich habe gehört, es seien Hände aus purem Gold. Meine sehr verehrten Damen und Herren«, rief er aus und ruderte hinter mir mit den Armen in der Luft, »Vorhang auf für die afrikanische Prinzessin mit den goldenen Händen.« In beißendem Spott fuhr er fort: »So golden sind sie, zu golden, um das Bett zu machen, in dem ich schlafe. Nur weil ich darin mit Gitte liege und nicht mit ihr! Na schön, na schön, Prinzessin. Aber Hände, die keine Betten machen, sollten Kraft genug haben, um Jeanshosen zu waschen, oder?«

Gitte war ihm nachgetrabt und wollte jetzt unbedingt wissen: »Stimmt was nicht? Habt ihr Streit?«

Sie hatte gemerkt, daß ich die Jeans wieder aus der Wäsche gezogen hatte. »Laß die ruhig dabei, Mara. Warum nimmst du sie wieder weg? Die Jeans von Cobby und mir wasche ich doch auch.«

»Hast du nicht gehört, was sie gesagt hat? Laß' sie drin«, fuhr mich Akobi in unserer Heimatsprache an.

Bevor Gitte weiterbohren konnte, steckte ich die Hose wieder in den Stapel, kehrte um und verließ das Badezimmer.

Doch soviel stand fest: sie würde meine Hose nicht waschen brauchen. Sie hatte vor, am Samstagnachmittag zu waschen.

Schon im Morgengrauen würde ich am Samstag aufstehen und meine Sachen waschen, still und klammheimlich, ganz unbemerkt. Ihre Schlafzimmertür war immer geschlossen und das Bad grenzte unmittelbar an das Wohnzimmer, in dem ich nächtigte.
Nun dämmerte der Samstagmorgen. Ich zog meine Jeans und die Sweatshirts heraus, um sie zu waschen. Doch es blieb ein ungutes Gefühl. Schließlich erledigte Gitte stets nicht nur ihre Wäsche, sondern auch die von Akobi und mir. Sicherlich, sie brauchte die Sachen nur in die Maschine zu stopfen. Aber diesmal würde sie durch mich das Geld sparen, mit dem sie sonst die Waschautomaten fütterte. Als der Tag anbrach, hatte ich schon alles mit der Hand gewaschen.
Ich hatte den kleinen Finger hingehalten...
Nachdem er auf diese Weise ein paar Mark gespart hatte, sorgte der schlaue Akobi fortan dafür, daß ich die Wäsche jedesmal mit der Hand erledigte. Auch wenn ich mich müde oder überarbeitet fühlte, kümmerte ich mich darum, denn ich hatte das Gefühl, daß man es von mir erwartete. Überdies kam es Gitte offensichtlich auch nicht ungelegen, und ich redete mir ein, auf diese Weise mein schlechtes Gewissen ihr gegenüber entlasten zu können. So hatte ich schließlich, zusätzlich zur anderen Hausarbeit, auch die Wäsche am Hals.
Eines Tages saßen wir drei zusammen im Wohnzimmer. Gitte gab zu bedenken, es wäre unzumutbar, mir neben meinem Job auch noch die gesamte Hausarbeit aufzubürden. Darüber brauche sie sich nun wirklich keine Sorgen zu machen, warf sich Akobi in die Brust. »Unsere afrikanischen Frauen, Gitte, arbeiten sogar noch härter als wir Männer. Da macht meine Schwester keine Ausnahme. Von frühester Kindheit an kennen sie nur Arbeit, Arbeit, und nochmals Arbeit. Sie lieben ihre Arbeit.«
Gitte zuckte mit den Achseln. Ihr dankbarer Blick traf mich. Wenn ich es von frühester Kindheit an gewohnt war, wenn ich unbedingt darauf aus war, wie ein Galeeren-Sträfling zu schuften, wollte sie mir auch keine Steine in den Weg legen.

Einige Monate ging das so. Ich weiß nicht, für wie lange es so weiter gegangen wäre, hätte das Schicksal nicht zugeschlagen. Doch es schlug zu und veränderte den Lauf der Dinge, veränderte mich und nahm mir wieder ein Stück meiner Blauäugigkeit.

Zwei Veränderungen traten gleichzeitig ein.

Eines Morgens wollte ich wie gewöhnlich die Arbeit antreten und klingelte an der Haustür der deutschen Familie. Jeden Moment würde Tanja, die jüngste Tochter, an die Tür gespurtet kommen und mir öffnen. So war es jedesmal. Tanja hatte sich als erste an mich gewöhnt, und wir beide kamen prima miteinander aus. Doch heute kam nicht Tanja, sondern ihre Mutter an die Tür.

»Frau Mara«, begann sie, ohne auch nur »guten Morgen« zu sagen, »wir müssen Sie leider entlassen. Ich kann Sie nicht einmal hereinbitten, denn ich fürchte, wir werden beobachtet.«

Ich versuchte, einen klaren Gedanken zu fassen.

»Was habe ich denn getan. Habe ich etwas falsch gemacht?« wollte ich wissen.

»Nein, nein, natürlich nicht«, beeilte sie sich zu sagen. Die Heimsuchung dauerte ihr offensichtlich schon zu lange. »Es ist nicht Ihretwegen«, fuhr sie fort, »Sie kennen doch die Kohls, unsere Freunde von nebenan. Die hatten gestern Besuch von der Gewerbeaufsicht. Jetzt müssen sie sich wegen illegaler Beschäftigung verantworten. Sie wissen ja, die haben auch ein afrikanisches Dienstmädchen. Verstehen Sie jetzt? Wenn wir Sie weiter beschäftigen, vielleicht sind wir die nächsten, wer weiß? Der Lohn für den angefangenen Monat steckt hier in ihrer Arbeitskleidung.« Sie drückte mir eine Plastiktüte in die Hand und ergänzte: »Frau Mara, ich wünsche Ihnen alles Gute. Mehr gibt es nicht zu sagen, und mehr kann ich nicht für Sie tun, fürchte ich.«

Die Tür fiel vor meiner Nase zu.

Wie ich dann nach Hause gekommen bin, weiß ich nicht. Ich war allein in der Wohnung, denn Gitte und Akobi waren arbei-

ten. Und dann brachte dieser Tag auch noch einen Anruf von Vivian. Scheinbar hatte sie in der letzten Zeit schon mehrere Male angerufen und versucht, mich allein zu sprechen. Doch hatte sie immer nur Akobi an der Strippe gehabt.
»Akobi sagt mir nicht Bescheid, wenn du hier anrufst, Vivian. Frage auch besser nicht ausdrücklich nach mir«, riet ich ihr.
»Das ist mir schon klar«, antwortete sie, »deshalb habe ich es auch zu allen möglichen Zeiten versucht. Wenn ich gedacht habe, jetzt bist du sicher allein zu Hause. Aber niemand nahm den Hörer ab.«
»Da war ich gar nicht da, Vivian«, erklärte ich ihr, »ich habe für eine deutsche Familie gearbeitet. Aber seit heute ist das aus und vorbei. Die haben mich gefeuert.«
»Ja, warum das denn?« kreischte Vivian.
»Die Frau hatte Angst, wegen illegaler Beschäftigung verdonnert zu werden.«
»Dann mußt du mit dem anderen Job wohl eher anfangen. Wann geht es denn los?« wollte Vivian wissen.
»Welcher andere Job?«
Am anderen Ende der Leitung herrschte Totenstille.
»Die Frage hätte ich mir wohl besser verkniffen«, fuhr sie endlich fort, »ich war der Meinung, Akobi hätte dich inzwischen aufgeklärt.«
Sie beeilte sich, das Thema zu wechseln. »Mara, weißt du was?« plapperte sie aufgeregt, »ich habe jetzt meine Aufenthaltserlaubnis. Fünf Jahre haben sie mir gegeben. Fünf lange Jahre, Mara. Kannst du dir vorstellen, wie glücklich ich bin?«
Ich erkundigte mich nach ihrem Ehemann und wieviel er sie gekostet habe. Ihrem schwulen Gatten hatte sie eine Vorabzahlung von fünftausend Mark entrichtet. Hinzu kamen vierhundert Mark monatlich für die nächsten zwei Jahre. Sie versprach, sich wieder zu melden und wollte wissen, ob mir ihr Rock gefiele. Ihr Leben sei ein einziges Hin und Her. Nichts würde morgen so sein, wie es gestern gewesen sei. »Alles Gute.« Sie hatte aufgelegt.

Wieder war ich allein. Nur meine Ängste waren mir geblieben. Gitte kam von der Arbeit zurück. Wie es mir ergangen war, sagte ich ihr nicht. Ich wartete auf Akobi, der um neun Uhr abends hereinschneite.
Er hörte sich alles an und ging, ohne auch nur ein Wort zu verlieren, direkt ins Bett.
Jetzt war ich ihm völlig ausgeliefert. Bald nervte ihn alles, was ich tat, und es war alles falsch, absolut und hoffnungslos falsch. Mein Lächeln gewöhnte er mir mit folgenden Worten ab: »Tja, wenn ich du wäre, würde ich auch grinsen. Den lieben langen Tag auf der faulen Haut liegen und drei volle Mahlzeiten abstauben. Von morgens bis abends würde ich grinsen.« Ich sollte also besser grimmig vor mich hinstarren, oder? »Hey, Mara, jetzt guck nicht so griesgrämig. Das sieht ja fast so aus, als ob *du* acht Stunden am Tag arbeiten müßtest.« Wenn das so war, ging ich besser ein wenig an die frische Luft, nicht wahr? »Wenn du nichts Besseres zu tun hast, als ziellos um meine Wohnung herumzulaufen, solltest du dir schon einmal Gedanken über deine Heimreise machen.« Saß ich zu lange auf ein und demselben Fleck – und es war, seiner Meinung nach, immer zu lange – hörte ich: »Bei allen lausigen Göttern! So faul, daß es stinkt. Den ganzen Tag herumsitzen und Däumchen drehen, das macht müde, was?« mäkelte er, nachdem ich gerade einen Berg Wäsche gewaschen hatte, mit der Hand natürlich, oder nachdem ich stundenlang auf den Füßen gestanden und gebügelt hatte.
»Falls du es vergessen hast, in Deutschland ist Wasser sündhaft teuer«, rief er mir auf dem Weg in die Badewanne nach.
»Vielleicht weißt du es noch nicht, Mara, aber die Stromrechnung bezahle ich, nicht du«, erfuhr ich von ihm, als ich einmal meine eigenen Sachen bügeln wollte.
Das war starker Tobak. Ich verstand die Welt nicht mehr.
Ungefähr zwei Wochen später begab sich etwas noch Seltsameres und Unangenehmeres. Eines Abends wollte Akobi mit mir ausgehen. Um acht Uhr hatte ich fix und fertig dazustehen.

Nein, das darf doch wohl nicht wahr sein! Das war mein erster Gedanke. Bis dahin hatte ich mich, abgesehen vom Haus meiner damaligen Arbeitgeber, immer in den vier Wänden der Wohnung aufgehalten. Und jetzt ein Samstagabend mit Akobi? Allein mit Akobi?

Die Sache war offenkundig mit Gitte abgesprochen. Sie blieb freiwillig daheim. Sie und Akobi, seien mehrere Male ohne mich fort gewesen, sagte Gitte, und jetzt habe sich Akobi ausgebeten, einmal allein mit mir auszugehen. »Gönn' uns doch mal ein paar Stunden«, hatte er gesagt, und Gitte hatte eingewilligt. Es schlug also acht Uhr, und ich hatte mein Bestes gegeben, um gut auszusehen. Das Hemd hatte ich von Akobi, den Rock und die Schuhe gab mir Gitte. Vielleicht lag es ja daran, daß Gitte uns bei der Abfahrt nachblickte, aber zum allerersten Mal ließ mich Akobi auf dem Beifahrersitz Platz nehmen.

Wohin die Fahrt ging, wußte ich nicht, doch unser Ziel lag augenscheinlich außerhalb Hamburgs. Akobi hielt an. Vor uns sah ich ein Tor in einer Hecke. Wir stiegen aus, gingen durch das Tor und standen vor einem kleinen, flachen Bungalow. Wir traten näher, nahmen drei flache Stufen und fanden uns auf einer kleinen Veranda vor der Haustür wieder. Akobi klingelte. Kurz darauf ließ uns ein schlacksiger, weißer Typ hinein. Er trug eine Jeanshose und ein weißes T-Shirt. Auf seinem rechten Arm prangte eine riesige tätowierte Spinne. Er führte uns sofort in ein menschenleeres, geräumiges Wohnzimmer, das in gedämpftem Rotlicht lag. Auf dem Boden und entlang der Wände waren zahlreiche Kissen angeordnet. Ich hatte, in Gottes Namen, keinen Schimmer, wozu ein Raum wie dieser hätte dienen können. Aber Akobi war ja bei mir. Ich spürte, daß wenigstens er wußte, was hier gespielt wurde. Und ob er es wußte!

Ich erfuhr nichts. Weder Akobi noch der weißhäutige Lulatsch wechselten ein Wort mit mir. Beide unterhielten sich eine Weile in Deutsch miteinander. Endlich schenkte mir Akobi doch seine Aufmerksamkeit und hieß mich hinsetzen. Ich plumpste auf eines der Kissen, die auf dem Boden lagen, während Akobi und der fremde Lulatsch plötzlich im Nebenraum verschwanden. Für wenige Sekunden öffnete sich dadurch die Zwischentür. Jetzt hörte ich nebenan Stimmen, viele Stimmen, Männerstimmen.

Nach einigen Minuten kam Akobi mit einem Glas Wein für mich zurück. Dann ließen sie mich wieder eine ganze Weile allein. Ich hatte das Weinglas geleert und harrte der Dinge, die da kommen mochten. Sie sollten schon recht bald kommen. Irgendetwas war geschehen. Ich verlor die Kontrolle über meinen Körper und war doch bei vollem Bewußtsein. Es mußte etwas im Wein gewesen sein. Ich begann die Dinge doppelt zu sehen, taumelte glücklich, unbeschwert, high... high, high, so high war ich, daß ich jetzt wohl hätte fliegen können, frei wie ein Vögelchen. Ganz plötzlich war der Raum gefüllt. Überall saßen schwatzende, trinkende, lachende Männer... splitternackte Männer. Ich zählte mindestens zwanzig Gesichter. Also mußten es – ich sah ja alles doppelt – ungefähr zehn Männer gewesen sein. Dann war ich umgeben von ihren haarigen Körpern. Sie hatten mich entkleidet, befummelten mich, drückten meine Schenkel auseinander, ganz weit auseinander. Was weiter geschah, ist den Göttern von Naka hoffentlich entgangen.

Am nächsten Morgen fand ich mich auf meiner Matratze in Gittes Wohnung wieder. Voll wie eine Haubitze sei ich gewesen, witzelte Gitte. Cobby habe mich hochtragen und ins Bett stecken müssen. Was denn gestern passiert sei, wollte ich wissen. »Du hast zu tief ins Weinglas geschaut. Ihr wart auf ’ner Fete. Hast du das etwa vergessen?« erwiderte Gitte.

Gleichzeitig machte sich Akobi aus dem Schlafzimmer bemerkbar. Gitte solle wieder zurück ins Bett kommen, rief er.

Minuten später drang ihr wollüstiges Ächzen und Stöhnen aus dem Schlafraum, begleitet vom rhythmischen Knarren des Bettgestells. Jetzt machten sie es also wieder. Seit meiner Ankunft hatte ich meinen festen Schlafplatz auf der Matratze im Wohnzimmer. Diesem blieb ich treu, selbst wenn Akobi Nachtschicht hatte, und neben Gitte das Bett für mich gemacht worden war. Anfangs zogen mich ihre Liebesnächte ganz schön runter. Die Räume waren sehr hellhörig, und besonders in der Stille der Nacht bekam ich alle Geschehnisse im Schlafzimmer brühwarm mit. Am anderen Morgen war ich immer ziemlich niedergeschlagen. Ich wußte mir zu helfen, indem ich mich jeden Abend per Kopfhörer vom Kassettendeck berieseln ließ. Etwa einmal im Monat, immer vor der Spätschicht, zogen Akobi und ich unsere Ruck-Zuck-Nummer auf dem Wohnzimmerboden ab. Für ihn war es wohl in erster Linie eine Pflichtübung. Bevor er sich auf mich legte, geilte er sich immer erst im Schlafzimmer auf. Nach fünf Minuten war alles vorbei. Seine Augen blieben dabei geschlossen, er sah mich gar nicht an.

Trotzdem, es tat mir in der Seele weh, wenn er mit Gitte im Schlafzimmer Liebe machte. Als afrikanische Frau war ich zwar mit Polygamie aufgewachsen, hatte früh gelernt, sie zu tolerieren, doch nahm eine Frau daheim niemals wahr, wenn der polygame Ehemann mit einer anderen schlief. So wollte es die Tradition, die sehr genau um den Schmerz wußte, den selbst eine »primitive, afrikanische Frau« verspürt, wenn sie ihren Mann mit einer anderen schlafen sieht oder hört. Eben deshalb nennt die afrikanische Frau auch eine separate Hütte ihr eigen. Hier lebt sie mit ihren Kindern. Der Ehemann lebt in seiner eigenen Hütte, in der seine Ehefrauen abwechselnd mit ihm leben und schlafen. Doch in den geschlossenen Wänden dieses Appartments drang mir jedes Stöhnen gnadenlos und ausgiebig in die Ohren. Der liebe Gott weiß, Eifersucht ist nicht einmal den Hunden fremd.

So setzte ich mir auch an diesem Morgen, nach der angeblich so weinseligen Party mit Akobi, die Kopfhörer auf den Brummschädel und stopfte mir damit die Ohren zu. Ich hatte die Augen geschlossen und war in die Musik versunken, als mir plötzlich jemand die Kopfhörer von den Ohren zerrte. Vor mir hatte sich Akobi aufgebaut. »Falls es dir entgangen ist, Mara, Elektrizität ist in Deutschland teuer.« So unvermittelt aus den Träumen gerissen, brüllte ich verärgert zurück: »Elektrizität ist teuer, ich weiß es, Akobi! Aber irgendwie muß ich mich vor dem schützen, was ihr da drüben treibt.« Ich wies anklagend in Richtung Schlafzimmer.

Für einen Augenblick herrschte unheimliche Stille. Er trat ein Stück zurück, musterte mich eine ganze Weile und verfiel schließlich in schallendes Gelächter, ein spöttisches, verächtliches Gelächter, als wolle er sagen: »Ach Mädchen, hast du jetzt auch schon Gefühle?« Gittes schrille Stimme unterbrach ihn. »Cobby, jetzt laß deine Schwester in Ruhe. Es war schließlich nicht ihre Idee, auf die Fete zu gehen«, schallte es aus dem Schlafzimmer.

Sollte ich lachen oder weinen? Für die arme Gitte stritten wir tatsächlich wegen meines angeblichen Alkoholkonsums auf dieser ominösen Party gestern abend. Ich war mir nicht einmal sicher, ob das wirklich eine Party gewesen war. Was hatte ich außer diesem Glas Wein denn noch getrunken? All die nackten Männer, die ich gesehen haben wollte, gab es sie wirklich? Ja, und außerdem fühlte ich mich heute morgen unbehaglich zwischen den Schenkeln. Es tat sogar richtig weh. Anstatt mir aber zu erklären, wo er gestern mit mir gewesen war und was er dort mit mir gemacht hatte, riß mir Akobi die Kopfhörer von den Ohren.

Ich war stinksauer. Stinksauer, auch aus Mißtrauen. Plötzlich, eigentlich ohne konkreten Grund, argwöhnte ich, daß sehr bald etwas passieren würde. Es sollte tatsächlich sehr bald passieren.

Am folgenden Dienstagnachmittag, als ich zu Hause und Gitte zur Arbeit war, tauchte Akobi plötzlich und unerwartet auf, begleitet von, na...Osey, von wem auch sonst? Ich war ihm lange nicht mehr begegnet, hatte ihn nur ein paarmal am Telefon gehabt. Genaugenommen hatte ich ihn aus den Augen verloren, seit er mich in Hamburg abgeliefert hatte. Plötzlich stand er wieder mitten in meinem Leben.

Ich hatte gerade das Bügeleisen in der Hand, als sie eintrudelten. Das Bügeln mußte ich unterbrechen, denn Osey hatte Hunger. Akobi gab mir Anweisung, eine Kleinigkeit zuzubereiten. Während ich mich in der Küche beschäftigte, machte sich Akobi im Sofa breit und ließ sich mit Russischem Wodka vollaufen, den sie mitgebracht hatten. Schließlich war Osey gesättigt, ich spülte seinen Teller ab, brachte ihm warmes Wasser und Seife zum Händewaschen und einen Zahnstocher für die fauligen Essensreste zwischen seinen riesig langen, gelben Zähnen. Dann rief mich Osey herbei. Es gäbe etwas sehr Wichtiges mit mir zu bereden. Ich nahm in ihrer Runde Platz.

»Jetzt bist du lange genug hier, Mara. Sagt dir das Wort *Unterhaltung* etwas?« begann Osey.

»Habe ich nie gehört«, antwortete ich wahrheitsgemäß.

»Das ist eine Arbeit«, erklärte er.

»Ach was!?«

»Ja, ja. Du möchtest doch arbeiten?« fragte er verschmitzt.

»Na klar will ich arbeiten, wenn ich etwas finde oder wenn mich die Frau wiedernimmt«, antwortete ich, meine deutsche Familie im Hinterkopf.

Osey lachte.

»Die nimmt dich nicht wieder«, entgegnete er, »diese Frau nicht und auch keine andere Frau. Und überhaupt, da hast du dir ja nicht gerade eine goldene Nase verdient. Nein, die Arbeit die ich meine, ist ganz etwas anderes und sehr einträglich. Ganz, ganz, viele gute Deutsche Mark. Du wirst sehen, schon nach kurzer Zeit machst du Geld für dich, für deinen Mann hier, der dich hergeholt hat, und schließlich kannst du auch noch deiner Mutter und deinen Schwester daheim etwas Gutes tun.«

»So, kann ich das?« fragte ich vorsichtig, »warum habe ich dann bis jetzt Zeit verplempert?«

»Alles zu seiner Zeit«, erklärte Osey, »und jetzt ist die Zeit gekommen. Willst du es also machen?«

Ich nickte.

Osey lächelte. »Prima. Du bist ‘ne Hübsche. Weißt du das?«

Ich lächelte.

»Hübsch bist du und grün warst du. Jetzt bist du nicht mehr grün hinter den Ohren. Du bist reifer geworden. Aber du bist immer noch schnuckelig. Verstehst du, was ich meine?« wollte Osey wissen.
Ich verneinte.
»Macht nichts«, versicherte er mir lächelnd, »das kommt auch noch früh genug.« Osey begann zu lachen. Irgendwie erinnerte mich sein Lachen an die Nacht in Berlin, als er mich in diesen Action-Film eingeladen hatte, der rein gar nichts mit John Wayne-Filmen gemein hatte.
Das machte mir Sorgen. Wie paßte das schließlich alles zusammen? Du warst grün, jetzt bist du es nicht mehr!? Wie und seit wann war ich denn gereift? Das mußte ich wissen, und deshalb fragte ich Osey danach. Doch Antwort erhielt ich von Akobi. Nach übermäßigem Wodkagenuß flatterte ihm eine mächtige Fahne voran. Sturzbetrunken lallte er: »Mara, oh Mara, ob du nun willst oder nicht, du mußt ja sowieso. Tjaja, für 'ne illegale Negerin gibt es hier gar keinen anderen Job. Wenn du nichts als Hausmädchen findest, gibt es nur dieses. Du bist eben illegal hier, und du bist zu schwarz für anständige Arbeit, verstanden?«
Ja, jetzt hatte ich verstanden. Zu spät, viel zu spät. Bevor ich mir darüber klar werden konnte, daß ich schleunigst meine sieben Sachen packen, in Richtung Naka flüchten und wieder in allem Anstand Eier hätte verkaufen sollen, wurde ich schon meinem künftigen Besitzer vorgestellt. Ein gut aussehender Schwarzer, ein Mann, zu schön, um wahr zu sein, Besitzer des Etablissements namens Club 69. Meine Knie wurden weich und ich ließ die Augen nicht von diesem Mann. Mir war klar, es gab keinen Ausweg. Ich saß tief im Schlamassel und hatte zu tun, was Osey und Akobi verlangten. Meinen Widerstand zu brechen, war ihnen leicht gelungen.
Die Erklärung dafür war einfach: Auf der Fahrt zum Club 69 hatten wir einen Abstecher gemacht zu Oseys Wohnung. Seine Frau war nicht zu Hause. Osey besaß einen Videorecorder.

Grinsend hatte er eine Kassette eingelegt. Er war ein knallharter Geschäftsmann, skrupellos und unbarmherzig. Auch als ich zu weinen begonnen hatte, hatte er keine Regung gezeigt. Akobi, das wurde mir in diesem Moment erstmals klar, war ein Feigling, damals wie heute. Blieb nur die Frage, warum ich das nicht früher begriffen hatte. Er hatte mich geprügelt und drangsaliert und damit nur seine eigene Feigheit kaschiert. Akobi war habgierig. Er war habgierig und feige. Die ganze Zeit hatte mir Osey kaltlächelnd in die Augen gesehen. Akobi hingegen hatte sich für den entscheidenden Moment mit Wodka betäubt. In diesem entscheidenden Moment nämlich betrachteten wir drei gemeinsam ein Video, auf dem ich splitternackt zu sehen war. Einige Männerhände betasteten alle Teile meines Körpers, andere drückten meine Schenkel weit auseinander. Es waren weiße, schwarze, braune Männer. Einer sah wie ein Chinese aus. Einer nach dem anderen kam an die Reihe und schlief mit mir. Das alles war deutlich und fachmännisch auf Video festgehalten. So hatten Akobi und Osey mein Einverständnis erpreßt, im Club 69 zu arbeiten.

Kalt ist die Welt, in der wir leben. Oh Gott, sie ist bitterkalt. Akobi träumte einen Traum, als er Comfort nach Naka brachte und sie dort stolz vorführte. Comfort gab ihm den Laufpaß, doch er verrannte sich in diesen Traum. Er heiratete mich, denn ich hatte in diesem Traum meine Aufgabe zu erfüllen. Seinen Traum wollte er unter allen Umständen zu Ende träumen. So scheute er sich auch nicht, mich als Opferlamm zurückzulassen. Bisher war alles in seinem Sinne gelaufen. Ich war einen weiten Weg hierhergereist. Wofür? Für alle, die mir geholfen hatten hierherzukommen, hatte ich noch nichts tun können, für meine Familie, für meine Mutter. Auch meine beiden Söhne erwarteten mich. Auch für sie hatte ich hier nichts erreicht. Wenn ich also für sie alle schon nichts tun konnte, hatte ich doch die Selbstachtung bewahren wollen. Doch auch diese hatte man mir nun geraubt. War es mein Schicksal? Hatten die vielen Hähne, Hennen und Ziegen dafür ihr Blut vergossen?

Freiräume

Ich kam unter Kayes Obhut. Auch Kaye war Afrikanerin, eine strahlende Schönheit und Ehefrau des bildhübschen Besitzers des Clubs 69. Ein hübsches Paar bildeten die beiden.
Kaye war noch dann und wann im Gewerbe tätig, sozusagen, wenn sie Zeit und Lust hatte. Hauptsächlich diente sie als rechte Hand ihres Mannes bei der Leitung des Clubs. Kaye verpaßte mir nicht nur die entsprechende Berufskleidung. Sie wurde auch meine Freundin und engste Vertraute, und zwar, so offenbarte sie mir später, in dem Moment, als sie meine Unerfahrenheit bemerkte. Sie erkannte sich selbst in mir wieder.
Sie war der erste Mensch, dem ich meine Geschichte vollständig und wahrheitsgetreu berichtete. Dabei stellte sich heraus, daß ihr vor Jahren dasselbe Schicksal wie mir widerfahren war. Nur war es der Freund und nicht der Ehemann, der ihr all das angetan hatte. Daß ein Mann, der bei meinen Eltern offiziell um meine Hand angehalten hatte, so mit mir umsprang, war auch für Kaye überraschend. Ich erzählte, daß Akobi erst im Wodkarausch imstande gewesen war, das Thema Prostitution anzuschneiden.
»Selbst dann hat er mir nicht in die Augen sehen können«, fügte ich hinzu.
»Die treibende Kraft war wohl Osey.« bemerkte Kaye, »trotzdem, daß dein Mann dir das antut... Mara, Gitte kann nicht der einzige Grund dafür sein.«
»Es ist sein Traum, sein Traum ist schuld«, betonte ich, »Gitte ist nur Opfer, genau wie ich.«
»Trotzdem...«, wunderte sich Kaye, sagte aber nichts mehr dazu und begann, von ihren eigenen traurigen Erfahrungen zu berichten.
Ihr damaliger Freund kam, genau wie Akobi, mit allerhand Träumen im Gepäck nach Europa. Diese Träume zerplatzten wie Seifenblasen. Er merkte, daß es Jahre dauern würde, bis er die gewünschte Summe Geld zusammenhaben würde. Andere

Männer, stellte er fest, machten mit ihren Freundinnen die schnelle, große Kasse. Also kratzte er sein bißchen Geld zusammen und besorgte Kaye einen Agenten und ein Flugticket nach Frankfurt. Dann zwang er sie zur Prostitution und strich jede Mark ein, die sie verdiente. Um sie bei der Stange zu halten, erpresste er sie mit heimlich eingefangenen Momentaufnahmen ihrer Sexspiele mit verschiedenen Männern.
»Wenn du heute die Kurve kratzt, sind diese Bilder schon morgen unterwegs zu deiner Familie in Afrika«, drohte er jedesmal, wenn sie den Wunsch auszusteigen andeutete. Ganze anderthalb Jahre schaffte Kaye für ihn an. Er gab sich als Musikmanager aus, erwarb für teures Geld Pop-Equipment, das er verschiffen ließ und an Musiker in ganz Afrika vermietete. Dann begegnete sie Pompey, ihrem heutigen Ehemann. Er wurde ihr regelmäßiger Kunde, bis er ihr eines schönen Tages beichtete, wie sehr sie ihn fasziniere. Er, der tüchtige Zuhälter, bat sie, seine Frau zu werden. Mit einer gutaussehenden schwarzen Ehefrau, die etwas von dem Geschäft verstehe, könne er selbst einen Nachtclub eröffnen.
»Ich weiß, das klingt nicht gerade wie eine Liebeserklärung«, fügte Kaye lachend hinzu, »aber wenigstens war er ehrlich. Mein damaliger Freund, dem ich das alles zu verdanken habe, hatte mir weisgemacht, Maschinenbau hier an der Uni zu studieren. Ich kam und dachte damals, mein künftiger Mann sei ein angehender Diplom-Ingenieur. Und was war er wirklich? Ein abgehalfterter Typ, der nur darauf wartete, daß ich für ihn anschaffen ging, damit er einen Haufen Musikinstrumente kaufen, Porsche fahren und schöne weiße Frauen, denen er zu Füßen lag, in teure Restaurants ausführen konnte. Meine Leute zu Hause haben heute alles, was sie sich wünschen, Mara. Wie ich an das Geld dafür komme, wissen sie nicht. Du brauchst auch gar nicht zu denken, daß es sie sonderlich interessiert. Ich schicke, was sie sich wünschen. Das zählt. So sorge ich für ihre Zufriedenheit und habe hier meine Ruhe. Ich schicke ihnen auch Geld, jede Menge sogar. Niemals möchte ich zu ihnen

zurück, aber das habe ich ihnen nicht gesagt, und daher wissen sie es auch nicht. Ich werde es ihnen auch niemals auf die Nase binden. Ich lasse sie in dem Glauben, daß ich eines Tages zurückkomme. Die Hoffnung allein hält sie bei Laune, und ich werde sie ihnen nicht rauben.«

»Und sie stellen keine Fragen?« wollte ich wissen. Die Lebensphilosophie, der sie sich bediente, begann mich zu interessieren.

»Warum sollten sie? Sie kriegen doch alles, was sie sich wünschen«, erwiderte Kaye leicht verbittert, »ich kannte einmal ein Mädchen, das als Prostituierte in Mainz arbeitete. Sobald ihre Familie herausgekriegt hatte, was sie hier trieb, haben ihre Eltern, Tanten und Onkel ihr ganzes Hab und Gut verscherbelt und ihr ein Flugticket beschafft. Die haben darauf bestanden, daß sie nach Hause kam.«

»Und hat sie das gemacht?«

»Hat sie! Sie erkannte, daß ihrer Familie mehr an ihrer Ehre lag, als an den vielen bunten Dingen, die sie ihnen dank des einträglichen Gewerbes hier nach Hause schicken konnte. Dummerweise haben nicht alle von uns solche Familien. Manchmal kann ich mich des Eindrucks nicht erwehren, daß meine Familie sehr wohl weiß, was ich hier treibe. Doch vorsichtshalber fragen sie erst gar nicht. Sie würden ja indirekt zu Komplizen meines sündhaften Lebens, wenn sie sich wider besseren Wissens nicht rühren würden. Und davon gehe ich einmal aus, denn sonst wäre der auf meine Kosten erworbene Wohlstand unweigerlich futsch. Verstehst du?«

Ich staunte nicht schlecht.

»Wie lange seid ihr jetzt verheiratet, du und Pompey?« wollte ich wissen.

»Sechs Jahre. Und ich bin glücklich, Mara. Also... nicht direkt glücklich. Das wäre nun auch wieder gelogen. Aber ich habe mich mit den Dingen arrangiert, ich habe mich mit ihnen abgefunden. Dies ist jetzt mein Leben, und ich werde es so lange weiterführen, wie es mir Alter und Gesundheit erlauben.«

Diesem Gespräch zwischen Kaye und mir sollten noch viele folgen. Von dem Geld, das ich im Club 69 verdiente, sah ich keinen Pfennig. Pompey war ein ehrlicher Kaufmann, was in diesem Fall heißen soll: er hielt sich strikt an die Vereinbarungen. Seine Vereinbarung mit Akobi gab ihm vor, die durch mich erzielten Einnahmen, nach Abzug seines eigenen Anteils, vollständig auf Akobis Konto zu überweisen, auf Akobis Privatkonto, von dem Gitte nichts ahnte. Da ging er nun hin, mein Hurenlohn!

Den Sonntag ausgenommen, bediente ich täglich mindestens drei Kunden. Alles, was dabei abfiel, wanderte direkt an Akobi. Auch Osey hielt bei diesem Geschäft die Hand auf, denke ich. Die ganze Zeit über hatte ich Gitte nicht mehr gesehen. Irgendwie fehlte sie mir. Nach und nach wurde ich mir darüber klar, wie die Dinge lagen. Ich begann, in mein Schicksal einzuwilligen. Als ich mir allmählich diesen Standpunkt zu eigen machte, als ich anfing, mein Leben zu akzeptieren, so wie es war, begann ich auch, mir über meine eigene Zukunft Gedanken zu machen. Warum, zum Beispiel, konnte ich mein Leben nicht selbst in die Hand nehmen? Schließlich war ich jetzt eigentlich wieder ledig. Um meine Sittsamkeit scherte sich mein lieber Gatte einen feuchten Kehricht. Wenn ich mit den Kunden schlief, war ich es, die sich hergab. Der Körper, den sie benutzten und mißbrauchten, gehörte mir. Was hatte Akobi damit zu tun? Warum kassierte er, wofür ich mich opferte? Was hatte er überhaupt für mich getan? Einmal Nutte, immer Nutte, diesen Stempel trug ich nun fürs Leben. Auf diese Video-Sex-Orgie mit mir als Hauptdarstellerin kam es da auch nicht mehr an. Was hatte er in diesem Land überhaupt zu sagen, um über mein Schicksal hier bestimmen zu können? Er war verheiratet und hatte eine sichere Aufenthaltserlaubnis. Er hatte eine Frau, ein Heim, ein verhältnismäßig angenehmes Leben. Warum schlug ich mich hier mit den Freiern herum und ließ ihn den Lohn einstreichen? Wenn ich schon nicht herauskam aus der Sache, warum sollte ich nicht zumindest das Beste herausschlagen?

Das waren so meine Gedanken, die ich anfangs für mich behielt. Doch eines Morgens vertraute ich mich Kaye an. »Jetzt bist du ja doch endlich aufgewacht«, rief sie zu meiner großen Überraschung. »Darauf habe ich schon gewartet. Ich hätte dich auch wecken können. Aber die Welt, in der wir arbeiten, ist eine Welt für sich. Eine kalte Welt, kälter noch als die Welt da draußen. Da ist es immer besser, wenn man selbst aufwacht. Wenn du einmal erfahren hast, wie schwer es ist, aufzuwachen, wie lange du dafür gebraucht hast, was du dazu alles bedenken mußtest, erst dann wirst du auch darum kämpfen, wach zu bleiben. Und nur dann weißt du auch, was schlafen bedeutet. Hast du mich verstanden?«
»Nee«, antwortete ich belustigt.
»Du warst bekloppt und nun ist es ein bißchen besser geworden! Jetzt klar?«
Wir mußten beide lachen.
Wie ich bereits andeutete, war Pompey ein durch und durch korrekter Geschäftsmann. Er hätte hinter Akobis Rücken keine Geschäfte mit uns gemacht. Kaye und ich mußten wohl oder übel ohne ihn auskommen.
»Mara will es etwas langsamer angehen lassen, Pee. Wenigstens für die nächsten drei Monate. Nur noch einen Freier pro Tag«, flüsterte Kaye ihrem Ehemann eines Morgens sanft ins Ohr. Pee war sein Kosename.
»Wieso das denn?«
»Sie hat da unten was«, antwortete Kaye »der kleine, schmächtiger Itaker, den sie gestern das erste Mal hatte, weißt du?«
»Der hatte eine endlos lange Stange«, log sie weiter, »damit hat er ihr fast alles kaputt gemacht. Ich denke, sie hat recht, es ist vernünftiger. Das ist nun mal ihr Kapital, und sie muß aufpassen, daß es nicht auseinanderfällt. Und das würde passieren, wenn sie jetzt nicht kürzer tritt.«
Pompey gab schließlich klein bei. Unser Plan lief an.
Anders als Kaye ihrem Pee weisgemacht hatte, reduzierte ich meine Kundschaft nicht auf einen, sondern ich steigerte mich

auf vier Freier pro Tag. Es war ein wenig gewagt, aber mit der ausgebufften und erfahrenen Kaye im Rücken, erschien mir das Unternehmen aussichtsreich und des Risikos wert.
Kaye war, wie bereits erwähnt, je nach Zeit und Bedarf, selbst im Gewerbe aktiv. Wenn sie aus irgendwelchen Gründen den einen oder anderen Kunden nicht bedienen konnte, schusterte sie diesen heimlich mir zu, anstatt ihn fortzuschicken. Sie pflegte auch einige private Kontakte. So lotste sie für mich Kunden in den Club, wenn Pompey gerade unterwegs war. Mit anderen traf ich mich dank ihrer Vermittlung für ein oder zwei Stunden im Hotel. Manchmal konnte ich auch im selben Hotel gleich zwei Kunden in zwei oder drei Stunden abfertigen. Meine häufige Abwesenheit im Club verkaufte sie Pompey als Besuche bei einer türkischen Kräuterfrau, die mein Genitalleiden behandle.
Vier Männer am Tag waren natürlich eine üble Qual. Aber ich wollte unbedingt ein bestimmtes Sümmchen Geld zusammenbekommen. Je eher desto besser, denn jeden Tag konnte uns Pompey auf die Schliche kommen.
Hatte ich einmal keinen Freier, saß ich auf einem mit dampfend-heißer Spiritus- und Alaunlösung gefüllten Eimer. Das betäubte meine Vagina, so daß ich oft gar nichts spürte, wenn ich mit einem Mann schlief. Das war immer noch angenehmer als die Schmerzen. Wenn es mir besonders dreckig ging, stopfte ich mich mit Schmerz- und Beruhigungsmitteln voll. Ich schnupfte Drogen, um durchzuhalten. Nur während meiner Tage gönnte ich mir etwas Ruhe. In nicht einmal fünf Wochen hatte ich genug für eine Ehe mit einem Deutschen zusammen, die mir zur Aufenthaltserlaubnis verhalf. Das war ein Riesenschritt auf ein dauerhaftes Leben in Europa.
Alles lief wie geschmiert. Mit genügend Kohle und den richtigen Verbindungen gab es kein Problem. Für meine Heirat mußte ich nicht einmal – wie viele andere – zwischenzeitlich Deutschland verlassen. Nur mein Reisepass überquerte die Grenze. Der Typ, den Kaye für mich als Ehemann aufgetrieben

hatte, trug ihn in der Tasche. In Kopenhagen lebte eine Frau, die mir ein wenig ähnlich sah und meine Unterschrift nachmachen konnte. Ich weiß nicht einmal, ob sie Afrikanerin war. Vielleicht stammte sie auch aus der Karibik. Sie heiratete an meiner Stelle den Auserwählten in Dänemark. Nach vier Tagen tauchte der Typ wieder auf, hielt einen Trauschein in den Händen und sagte, wir seien jetzt Mann und Frau. Die Wahl war auf Kopenhagen gefallen, weil die Eheformalitäten in Dänemark weniger bürokratisch gehandhabt werden. Vor seiner Abreise hatte der Deutsche die Hälfte seines Honorars kassiert. Der Rest wurde fällig, nachdem endlich der heißersehnte Stempel im Pass meine fünfjährige Aufenthaltserlaubnis beurkundete. Vorausgegangen waren zahlreiche Besuche bei den Ausländerbehörden und eine schier endlose Formularorgie. Wir einigten uns auf eine zusätzliche Zahlung von 300 Mark monatlich für die nächsten zwei Jahre. Das konnte ich mir leisten. Die ganze Angelegenheit nahm etwa drei Monate in Anspruch. Osey und Akobi bekamen davon keinen Wind.
Anfangs, kurz nachdem sie mich in Pompeys Club 69 abgeliefert hatten, erkundigte sich meistens Osey mindestens einmal wöchentlich telefonisch nach dem Stand der Dinge. Besucht haben sie mich nur ein einziges Mal, für höchstens zehn Minuten. Mein Hurenlohn begann regelmäßig auf ihre Konten zu fließen, und nun verstummten auch die Telefonanrufe. Genausowenig wie ich wußte, was aus ihnen geworden war, waren sie über meinen Verbleib informiert.
Eines schönen Tages, ich hatte mich mit meinem Dasein, wie es nun einmal war, abgefunden und dank meiner Aufenthaltserlaubnis neues Selbstvertrauen gefunden, griff ich zum Telefon und rief Gitte an. Wir verabredeten uns in einer Eisdiele. Etwas Bestimmtes wollte ich über Akobi erfahren. Nur, was? Das war mir noch ziemlich unklar. Gitte sollte mir helfen, dies herauszufinden.
»Mensch, Mara«, rief Gitte am anderen Ende der Leitung, als sie meine Stimme vernahm. Ich schärfte ihr ein, daß Akobi

weder von unserem Telefongespräch erfahren noch unser Treffen beobachten dürfe. Wir hätten Streit gehabt, und Akobi habe mir jeden Kontakt mit seiner Ehefrau untersagt. Deshalb schlug Gitte diese obskure, verschwiegene italienische Eisdiele als Treffpunkt vor.
Gitte berührte unser Wiedersehen sichtlich. Wir umarmten uns ausgiebig, bevor wir uns setzten. Jede von uns war neugierig, was der anderen während des letzten halben Jahres widerfahren war. Ich schwindelte, bei Verwandten außerhalb Hamburgs zu leben, und wieder als Haushaltsperle für eine deutsche Familie zu arbeiten. Während wir unser Eis schleckten, nahm ich vorsichtig mein Verhör auf.
Ich hegte einen schweren Verdacht, wahrscheinlich instinktiv. Unterbewußt ruhte er wahrscheinlich schon lange in mir. Vielleicht schon seit meinem Wiedertreffen mit Akobi, bei dem er mich noch immer als die kleine Dorfziege aus Naka behandelt hatte. Oder hatte der Verdacht erst von mir Besitz ergriffen, als Kaye erklärt hatte, daß Gitte wohl kaum der einzige Grund für Akobis Verhalten hatte sein können? Ich weiß es nicht. Jedenfalls hatte das Mißtrauen mich befallen. Es wartete nur auf seine Stunde. Als mir deutlich wurde, daß mein Aufenthalt nicht länger von Akobis Geschäften und seinen sogenannten nützlichen Verbindungen abhing, wurde ich mir meines Argwohns bewußt. Meine Selbsterkenntnis hing fortan nicht mehr von ihm ab.
»Sag mal, Gitte«, ich gab mir einen Ruck, und nicht nur auf meinen Handflächen stand der Schweiß. »Kennst du eigentlich eine Verwandte oder Freundin... oder jedenfalls eine Frau, die Ako... äh, Cobby kennt namens Comfort?« fragte ich endlich.
»Meinst du deine Cousine?« erwiderte Gitte mit schnippischem Unterton, der keinerlei Zweifel daran zuließ, daß es um das Verhältnis zwischen Gitte und dieser, sagen wir es einmal so, angeblichen Cousine Comfort nicht zum Besten stand.
Mein Schweißausbruch war plötzlich vorüber. Die Befürchtung, eben diese Antwort würde ausbleiben, hatte ihn wohl

ausgelöst. Auf diese Antwort hatte ich gewartet, auf diese Antwort hatte ich gehofft. Sie war das Objekt meiner Begierde, und jetzt da ich sie hatte, war der Schmerz vorüber. Jetzt ging es nur noch darum, mehr über meine liebe Cousine Comfort in Erfahrung zu bringen.

»Du kennst sie wohl näher«, forschte ich weiter.

Gitte seufzte verächtlich: »Oh ja, und ob!«

»Kennst du sie beide?« fragte ich, in der Absicht eine Beschreibung dieser Comfort zu erhalten und mit dem Bild jenes Büromädchens namens Comfort zu vergleichen, das mir damals Mama Kiosk gezeichnet hatte. Jener Frau, mit der Akobi die letzten Tage vor seiner Abreise verbracht hatte. Jener Frau, die ihn einst abblitzen hatte lassen, ihm aber, als sie seiner Reisevorbereitungen für Europa gewahr wurde, wieder zugelächelt hatte. Handelte es sich um ein und dieselbe Frau?

»Hast du denn zwei Cousinen namens Comfort?«

»So ist es. Und wie sieht die aus, die du kennst?« wollte ich wissen.

»Groß ist sie«, erhielt ich zur Antwort, »sie ist groß und nicht so schwarz wie du... eher braun. Ihr Haar ist auch ganz dicht. Große, hübsche Kulleraugen hat sie. Ist das die, die du meinst.«

»Ja, sie ist es. Und sie ist hier?«

Gitte schien ein wenig überrascht. »Ach, hast du das gar nicht gewußt? Letztes Jahr ist sie hier angekommen. Zusammen mit Osey, er hat sie von seiner Afrikareise mitgebracht, von der er auch dein... dein Tuch mitgebracht hat.«

Das ging mir doch sehr nahe, ich weiß nicht, warum. Die Person Akobi war mir inzwischen gleichgültig. Aber das Szenario, das er mit großer Sorgfalt aufgebaut hatte, das setzte mir zu. Mein Herz hämmerte bis zum Hals, so daß ich fürchtete, es könne zerspringen. Abwechselnd wurde mir heiß und kalt. Ich bekam kein Wort mehr heraus, als hätten sich meine Zunge, mein Mund, mein ganzes Gesicht heimlich aus dem Staub gemacht. Nur allmählich fand ich doch wieder zu mir.

»Ich verstehe«, murmelte ich. Doch meine zögernde Reaktion

hatte Gitte scheinbar verunsichert und mißtrauisch gemacht. Ich mußte mir etwas einfallen lassen.
»Ich kann meinen Bruder manchmal nicht verstehen«, fabulierte ich, »seine Cousine holt er vor seiner eigenen Schwester hierher. Kommst du da mit?«
»Mara, bitte fang deswegen keinen Streit mit ihm an«, bat mich Gitte inständig, »das machst du doch nicht, oder? Bitte, bitte nicht. Sonst muß ich dafür übel büßen. Wir hatten schon genug Ärger deswegen. Damals, bevor du gekommen bist. Einen Riesenärger, sage ich dir.«
»Ach was?«
»Ja, es war ganz schlimm«, erinnerte sich Gitte, »eine unangenehme Sache. Sei mir bitte nicht böse, aber ich kann deine Cousine nicht leiden. Damals nicht und heute nicht.«
»Weil sie unsere Cousine ist?« fragte ich dazwischen.
»Nein, nein«, erklärte sie zögernd, »das nicht unbedingt. Aber so ähnlich. Sieh mal, Cobby hat sie zwar als Cousine vorgestellt, aber es war nicht wie bei Cousin und Cousine, wenn du verstehst, was ich meine.«
»Nicht wie bei Cousin und Cousine? Nein, das verstehe ich nicht.«
»Na ja, sie werden schon Cousin und Cousine sein. Ich will nur sagen... es war eben nicht so wie üblich. Ich hatte das Gefühl, daß... ach, Mara.«
»Daß, was?« bohrte ich weiter.
»Du Mara, sei bitte nicht sauer, wenn ich so über deine Cousine rede.«
»Ach wo, keine Angst«, beeilte ich mich zu sagen, »sag's nur.«
»Tja, ich weiß auch gar nicht, wie ich darauf komme. Es ist wahrscheinlich dumm von mir. Sicher mache ich aus einer Maus einen Elefanten. Aber jedesmal wenn ich sie miteinander antraf, hatte ich so ein Gefühl. Immer wenn ich von der Arbeit heimkam und so. Es kam mir so vor, als hätten sie 'was miteinander... als hätten sie zusammen geschlafen.«
»Wieso?« wollte ich wissen.

»Sie war einfach ganz anders als du, Mara. Außerdem... sie war nicht gerade 'ne Naturschönheit so wie du, aber äußerst attraktiv. Ich glaube, das machte mir auch Angst. Sie war eben anders, sie war... wie könnte man sagen? Unecht. Jawohl, unecht trifft den Nagel auf den Kopf. Sehr attraktiv und sehr unecht. Bei uns ist Liebe zwischen Cousin und Cousine erlaubt. Allein dieser Gedanke flößte mir Angst ein. Verstehst du mich?«

Ich zog es vor, zu schweigen.

»Ich liebe deinen Bruder«, flüsterte Gitte endlich den Tränen nahe. »Ich liebe ihn doch so sehr. Weil ich ihn so liebe, habe ich mit meiner Familie gebrochen. Sie war gegen unsere Ehe. Ich sollte keinen Ausländer, schlimmer noch, einen Neger, heiraten. Würde ich Cobby heiraten, drohten sie, wären wir für immer geschiedene Leute. So ist es auch gekommen, Mara. Ich habe keinen Kontakt mehr zu ihnen, seit unserer Heirat. Außer zu Franz, meinem kleinen Bruder. Wir sind zusammen aufgewachsen und ein Herz und eine Seele. Aber auch ihn treffe ich nur heimlich. Er hält mich auf dem laufenden, über unser Familienleben, über dies und das. Meine Ehe mit einem Neger hat meinen Vater in den Alkohol getrieben. Er läßt sich vollaufen und geht dann auf meine Mutter los, die mich angeblich nicht richtig erzogen haben soll. Ich bin jetzt eine Negerbraut, und meine Mutter ist schuld. Nun siehst du, Mara, Cobby ist wirklich alles, was ich habe. Darum lebe ich in panischer Angst, ihn zu verlieren.«

»Und warum, hattest du bei mir diese Angst nicht.«

»Na, du bist eben seine Schwester und nicht seine Cousine. Daß Cousin und Cousine etwas zusammen haben, ist wahrscheinlicher, als daß Bruder und Schwester miteinander schlafen. Außerdem warst du ganz anders. Nicht so... wie sagte ich eben? ... Unecht! Nicht so unecht. Zudem hatte Cobby dich scheinbar im Griff. Mit Comfort sah das anders aus. Sie hatte die Hosen an, kontrollierte ihn, kommandierte ihn. Dann hatte sich Cobby, übrigens auf unsere Kosten, für Comfort etwas Besonderes

ausgedacht. Sie sollte nicht so wie du, mit in unserer Wohnung leben. Er befürchtete, Comfort könnte sich bei eurer Familie daheim beschweren, hier allein auf dem Sofa im Wohnzimmer schlafen zu müssen, während wir es uns im Bett bequem machten. Euer Vater würde sich darüber sehr ärgern. Das würden mich die Leute merken lassen, wenn wir nach Afrika kämen.«
»Wo sollte Comfort denn unterkommen?«
»In ihrem eigenen Appartement. Er wollte ein ganzes Appartement in der Stadt für sie anmieten. Das erschien mir zu kostspielig, nicht wahr? Wir sollten für sie die Miete und die Lebenshaltungskosten bestreiten, bis sie selbst dafür hätte aufkommen können. Doch wir brauchten damals jede Mark und brauchen auch heute noch jede Mark für unseren Hausbau in Afrika. Diese Meinung habe ich auch vertreten. Aber Cobby wollte sie partout nicht in unserem Wohnzimmer unterbringen. Schließlich sei sie ja nicht unser Hausmädchen, meinte er.«
»Das hat er gesagt?«
»Allerdings, und da gab es Stunk, und zwar mächtig«, berichtete Gitte.
»Ach was?«
»Ja, ja. Weißt du, Mara. Ich will hier weg, raus aus Deutschland. Mit meinem Cobby auf und davon, in Afrika die Sonne putzen. Ich will in unser Haus. Darum soll alles zügig über die Bühne gehen. Ich habe die Schnauze voll. Überall rufen sie mir Negerweib hinterher, sogar in der Fabrik. Auf den Behörden höre ich immer wieder: ›Ach, Sie sind mit einem Ausländer verheiratet. Mit einem Neger sogar, na, na, na.‹ Mir reicht's, Mara. Eben darum wollten Cobby und ich kräftig ranklotzen, damit wir unseren Hausbau hinter uns bringen und dieses Land ein für allemal hinter uns lassen können. Daß du damals gesagt hast, von unserem Haus stünde erst das Fundament, hat mich ziemlich runtergezogen. Vielleicht verstehst du jetzt auch warum.«
Ich saß schweigend vor ihr, schockiert, ärgerlich, verbittert. Ich tat mir selbst leid, und Gitte tat mir noch mehr leid.

»Weißt du«, fuhr sie fort, als meine Antwort weiter auf sich warten ließ. »Das Haus muß schnell hochgezogen werden. Ich will einziehen, bevor ich zu alt zum Kinderkriegen bin. Vier Kinder möchte ich.«

»Tatsächlich?« entgegnete ich, »Und Cobby? Wieviele Kinder möchte Cobby? Was sagt er dazu?«

Gitte lachte.

»Wenigstens acht, sagt er immer. Aber er nimmt mich hoch, das kann man nicht ernst nehmen. Das ist nur Spaß«, winkte sie ab.

»Bei einem deutschen Mann ist das vielleicht Spaß, aber bei einem Afrikaner muß man vorsichtig sein«, witzelte ich.

Wir mußten beide lachen.

Mir kam in den Sinn, daß Akobi vielleicht bis jetzt noch nicht wußte, daß er ein zweites Mal Vater geworden war. Eine Frage brannte mir unter den Fingernägeln. Hatte Akobi Gitte jemals sein Kind gestanden? Doch wie konnte ich sie darum fragen, ohne zu riskieren, ihr einen weiteren Tiefschlag zu versetzen? Und außerdem, wen sollte ich ihr als Mutter verkaufen?

»Weißt du eigentlich, weshalb ich damals sauer war? An dem Tag, als ich dich das erste Mal zu Hause vorfand?« fing Gitte wieder an.

»Nein?«

»Comfort«, fuhr sie fort, »wegen Comfort. Ich bildete mir ein, mit dir ginge der ganze Ärger, den ich wegen ihr hatte, von vorne los. Ein finsteres Kapitel, kann ich dir verraten. Für Comfort nahm er sich mehr Zeit als für mich. Er hatte lieber sie um sich als mich. Ihre gemeinsamen Unternehmungen nannte er innerafrikanische Angelegenheiten. Mich ließ er zu Hause sitzen und zog mit Comfort dorthin, wo ich angeblich ein Fremdkörper unter Afrikanern gewesen wäre, zu ihren rein afrikanischen Zusammenkünften. Da gingen sie dahin und kriegten die Kurve immer erst zu nachtschlafender Stunde. Nach den Zusammenkünften ging er mit zu ihr nachhause, wie ich später erfahren habe. Geschlossene Gesellschaften für Afrikaner, wie er es behauptet hat, waren es übrigens auch nicht.

Die anderen Afrikaner haben auch ihre deutschen Freundinnen und Ehefrauen dabei gehabt. Mich hätte er also auch mitnehmen können. Du weißt, worauf ich hinaus will?«
»Ja, schon.«
»Deshalb hatte mir deine Ankunft in unserer Wohnung ziemlich die Laune verdorben. Er hat dich abgeholt und darüber vergessen, mich pünktlich aufzugabeln. Also sagte ich mir: Comfort ist weg, dafür ist jetzt Mara gekommen...«
»Ist weg? Comfort ist weg?« unterbrach ich sie.
»Nein. Beziehungsweise... ich weiß es nicht. Vielleicht ist sie auf und davon, vielleicht lebt sie weiter unter uns. Als ich mit der Scheidung gedroht habe, ist Akobi jedenfalls wieder zur Besinnung gekommen. Ich habe ihn sogar für einen Monat verlassen. Um geschieden zu werden, darfst du bei uns nämlich mindestens ein Jahr lang nicht gemeinsam unter einem Dach leben. Das mußt du dem Gericht nachweisen. Du verstehst? Er hat mich angefleht und hoch und heilig versprochen, daß nun alles anders werde. Also bin ich zurückgekommen, und deshalb sind wir jetzt wieder zusammen.«
Au weia, tat das weh! Mir tat das doppelt leid, arme Gitte, arme Mara. Ich saß ganz schön in der Tinte, aber um Gitte stand es noch schlimmer. Ich kannte wenigstens die Wahrheit über mich selbst, über mein Verhältnis zu Akobi. Diese Frau aber war ahnungslos.
Diese Frau hatte aus Liebe zu Akobi mit ihrer Familie gebrochen und hatte ihren Vater indirekt dem Alkohol ausgeliefert, auch wenn dieser sich seine Misere selbst zuzuschreiben hatte, denn nicht jeder Schwarze oder Afrikaner ist vom Schlage eines Osey oder eines Akobi. In Deutschland leben anständige Afrikaner ebenso wie afrikanische Halunken. Genauso wie anständige und fiese Deutsche im In- und Ausland zu finden sind. Gitte war ausgerechnet an eine Type wie Akobi geraten. Das war ihr Pech.
»Hat Cobby die Hinreise bezahlt? Comforts Reise meine ich.« erkundigte ich mich endlich.

»Ja, hat er. Aber sag' ihm bloß nicht, daß du das von mir erfahren hast, okay?«
»Keine Bange«, versicherte ich, »ich sagte ja schon, wir hatten Krach und reden nicht mehr miteinander. Aber was wäre schon dabei?«
»Tja, Cobby sagt immer, wenn ich weitererzähle, daß er Comforts Reise finanziert hat, würden die Leute, wenn wir erst einmal in Afrika sind, böse auf mich sein. Und zwar würden sie sagen...«
Nein, nein, ich konnte es nicht mehr hören! Genug davon!
»Äh, Gitte, ist muß jetzt wohl gehen, es ist Zeit«, fiel ich ihr ins Wort.
»Was? So plötzlich, Mara? Du hast ja noch nicht einmal dein Eis aufgegessen«, protestierte Gitte.
»Ich muß aber wirklich«, erwiderte ich beharrlich, »aber ich ruf dich an, okay? Dann machen wir wieder etwas aus.«
Ich sprang auf. Wir hatten beide Tränen in den Augen, doch ich glaube, keine von uns wußte wirklich, warum.
»Du rufst aber an. Das hast du versprochen«, versicherte sich Gitte.
»Versprochen ist versprochen«, lachte ich gequält.
Sie grinste gequält zurück und schneuzte sich.
»Eigentlich wollte ich dir heimlich mein Taschentuch zustekken. Dann hätte es auf jeden Fall ein nächstes Mal gegeben. Schließlich hättest du es mir ja zurückbringen müssen. Tja, aber jetzt ist es ja dreckig«, bedauerte Gitte in gespielter Heiterkeit.
»Macht nichts«, antwortete ich und riß ihr das Taschentuch aus der Hand. »Hier hast 'ne Packung Tempos.«

Erkundigungen

»Pee überweist immer noch Geld auf das Konto deines Mannes, Mara«, begann Kaye eines Abends. Wir standen zusammen im Club 69.
»Laß ihn nur«, wiegelte ich ab.
»Und was hast du jetzt vor? Du hast doch inzwischen Papiere. Hey, du könntest jetzt sogar nach Afrika fliegen und mit deinem Fünf-Jahres-Visum ganz offiziell wieder über Frankfurt einreisen. Weißt du das eigentlich?«
»Weiß ich, Kaye.«
Kaye sah mich nachdenklich an und fuhr fort: »Du brauchst einen neuen Namen, Mara.«
»Hast du was gegen Mara?« entgegnete ich überrascht, »das hast du aber nie gesagt.«
»Mara ist ein schöner Name. Aber Mara existiert nicht mehr.«
»Ach, wo ist sie denn geblieben?« fragte ich ironisch.
»Sie steht vor meiner Nase. Aber sie ist nicht mehr sie selbst. Das bist nicht mehr *du*, Mara. Du hast dich verändert.«
»Nein, Kaye. Ich bin immer noch ich, und niemand sonst. Ich habe nur ein ganz kleines bißchen mehr über diese Welt gelernt.«
Eine ganze Weile hatte ich schon versucht, Vivians Telefonnummer herauszufinden. Schließlich bat ich Kaye, bei Osey daheim anzurufen. Wir wählten einen Zeitpunkt, an dem er gewiß nicht zu Hause sein würde. So meldete sich also Oseys deutsche Frau. Kaye gab sich als eine Freundin Vivians aus, die gerade in Berlin gelandet war, und nun Kontakt zu ihrer alten Gefährtin suchte.
Oseys deutsche Frau nannte uns eine Telefonnummer in Stuttgart. Wie sich herausstellte, war es der Anschluß eines afrikanischen Ehepaares mit Kind. Vivian war dann und wann bei ihnen auf Besuch, und sie versprachen, ihr zu bestellen, mich zurückzurufen. Zwei Wochen darauf verlangte mich Vivian am Telefon, völlig aufgedreht und angetörnt.

»Wo steckst du denn? Wieso hat niemand deine Telefonnummer?« wollte ich wissen.
»Ich bin untergetaucht, Mara.« – »Wie bitte?«
»Ja, ich bin über alle Berge«, bekräftigte Vivian.
»Wohin denn? Was soll das heißen: über alle Berge?«
»Weg von Osey. Weit, weit weg. Allgemeine Richtung Amerika! Yankees, Steaks, hoppla, jetzt komme ich. Nimm mich in die Arme, Lady Liberty, ich liebe deine Söhne.«
»Vivian, geht es dir gut?« So wie sie herumlallte, mußte ich daran aufrichtig zweifeln.
»Ob es mir gut geht? Klar doch. Was meinst du denn? Ehrlich gesagt, mir geht's zu gut. Eben deshalb habe ich Osey kräftig in den Arsch getreten. Weißt du eigentlich, daß er mit dem Bügeleisen auf mich los ist?«
»Er hat dich mit dem Bügeleisen geschlagen? Mit welchem Bügeleisen?« entgegnete ich verwundert.
»Na, mit meinem Bügeleisen. Damit hat er mich geschlagen.«
»Warum hat er denn das gemacht?«
»Weil ich 'was mit einem GI hatte.« Dann begann sie ein Liedchen zu trällern, das sie wohl gerade selbst komponiert hatte: »Mein liebster Soldat... mein liebster Soldat... nimm mich in die Arme...« Plötzlich verstummte sie. »Mara, weißt du was?«
»Nee!«
»Ich bin verliebt. Verliebt in einen GI.«
»Wer ist ein GI?« fragte ich.
»Marvin. *Er* ist ein GI.«
»Und was ist ein GI?«
»Das sind die Anfangsbuchstaben von Government Issue. Ein amerikanischer Soldat. Standort Wiesbaden. Soldatenliebe. Oh Mara, ich liebe ihn so sehr, liebe, liebe, liebe ihn so. Ich liebe ich so sehr, daß ich ihm sogar ein Goldkettchen gekauft und anschließend Osey einen Tritt verpaßt habe.«
»Wohl mit Marvins Soldatenstiefeln, hä?« Wir mußten beide lachen.

»Warum wolltest du mich sprechen?« fragte sie plötzlich und unvermittelt, »weshalb hast du angerufen?«
Ich antwortete nicht.
»Mara, bist du noch dran?« hörte ich sie rufen.
»Vivian, erzähl' mir was über Comfort«, forderte ich sie ohne Umschweife auf.
Nun folgte ein langes Schweigen auf der anderen Seite. Ein sehr langes Schweigen.
»Oh Gott, Mara, du weißt es also«, begann Vivian schließlich.
»So ist es.«
»Oh Gott«, hörte ich sie murmeln.
»Wußtest du die ganze Zeit Bescheid? Seit ich hierherkam?«
»Ich wußte Bescheid«, antwortete sie lakonisch.
»Dann hast auch du nur Theater gespielt? Du hast mich schließlich überredet, tolerant zu sein und brav alles mit mir machen zu lassen.«
»Du warst eben noch grün hinter den Ohren, Mara. Grasgrün. Und ich habe Osey geliebt... damals. Ich habe nur nach Oseys Pfeife getanzt. Mehr nicht. Ich war sein Besitz. Ich habe ihn ehrlich geliebt. Glaub' mir...«
Ihre Stimme versagte vor Rührung.
»Was ist los, Vivian?« rief ich. »Ich mache dir gar keine Vorwürfe. Ich brauche nur ein paar Informationen von dir.«
»Es ist nicht wegen dir, Mara. Nicht wegen dir«, schluchzte Vivian.
Es war eine ganze Weile still. »Weißt du was, Mara?« begann Vivian erneut, »Ingrid ist schwanger.«
»Wer ist Ingrid?«
»Oseys Frau. Oseys deutsche Frau. Kannst du das verstehen? Seine erste Frau bin doch ich! Mit mir hat er kein Kind gemacht, aber mit Ingrid. Kannst du das verstehen. Ich habe ihn immer wieder bequatscht, ein Kind zu machen und es nach Hause zu schicken. Und was hat er gesagt? Warte ab! Das hat noch Zeit! Immer langsam mit den jungen Pferden! Und bevor ich wußte, wie mir geschah, erwartete Ingrid ein Baby. Da war

für mich der Zeitpunkt gekommen, die Segel zu streichen.«
»Ich dachte immer, er hätte sie nur der Papiere wegen geheiratet?« bohrte ich nach.
»Was nicht heißt, daß sie nicht miteinander geschlafen haben«, gab sie zurück. »Aber es kommt noch schlimmer. Hör zu! Ingrid wollte, daß ich nach der Geburt bei ihnen einziehe, um Babysitterin zu spielen. Ich habe versucht, es ihr auszureden. Die Wohnung sei viel zu klein für zwei Leute, ein Baby – und dann noch ich dazu. Darüber solle ich mir keine Sorgen machen, beruhigte sie mich. Osey hätte sowieso vorgehabt, eine größere Wohnung zu nehmen. Vier Zimmer. Das sei aber teuer, entgegnete ich. Doch Osey hatte, versicherte Ingrid, keine Sorge, das Geld nicht aufbringen zu können. Und warum hatte er keine Sorge? Was meinst du wohl, Mara? Weil es mich gab. Weil es mich gab, die für ihn arbeitete. Kannst du mir folgen?«
»Und was hast du Ingrid erzählt?«
»Bis dahin wäre ich, so leid es mir täte, schon irgendwo in Chicago und würde mein eigenes Baby erwarten.«
»Lebt Marvin in Chicago?« wollte ich wissen.
»Nein, Marvin ist hier. Aber sobald er ausgemustert ist, geht er nach Chicago.«
»Und du gehst mit.«
»Ohne mich kann er gar nicht gehen«, bestätigte Vivian. »er hat ein großes Maul und lebt auf großem Fuß. Jeden Monat braucht er sein Quantum Haschisch. Denkst du, das geht mit seinem schmalen Sold. Das geht nur mit den Einkünften einer Nutte. Mit meinen Einkünften. Aber, was soll's, ich bin glücklich«, versicherte sie wenig glaubhaft. »Ich habe Marvin. Ich habe Papiere, Haschisch und einen Beruf, den ich in jedem Winkel dieser Welt ausüben kann. Kennst du ein besseres Rezept, um glücklich zu werden?«
»Vivian, ich habe wegen Comfort angerufen«, kam ich wieder zur Sache. »wo steckt sie?«
»Weiß ich nicht genau. Ich habe mal gehört, sie sei Kellnerin in einem afro-karibischen Restaurant in Hannover.«

»Ist das alles, was du weißt?«
»Ja, das ist alles.«
»Gib mir doch einfach deine Telefonnummer«, schlug ich vor. »Dann kann ich dich immer anrufen, wenn ich mit dir reden will.«
»Nein!«
»Wie kann ich dich denn wieder erreichen?«
»So wie heute«, erklärte Vivian, »rufe bei dem Ehepaar in Stuttgart an und hinterlasse eine Nachricht. Wenn ich sie mal anrufe, werden sie es mir ausrichten. Nicht einmal diese Leute kennen meine Telefonnummer.«
»Versteckst du dich vor Osey?«
»Ich verstecke mich vor allem. Vor allem und jedem, Mara.« Schon hatte sie aufgelegt.
»So, jetzt bin ich ganz Ohr«, forderte ich Kaye anschließend auf.
»Worum geht's?«
»Du wolltest mir doch aus meiner Situation heraushelfen.«
»Aus welcher Situation?«
»Ich möchte nicht, daß Pee weiterhin das Konto meines Mannes auffüllt«, erklärte ich.
»Das muß ich mir noch durch den Kopf gehen lassen«, erwiderte sie nachdenklich. »Brauchst du Geld?«
»Davon habe ich jede Menge unter der Matratze. Das weißt du doch. Aber ich will's jetzt wissen. Es ist soweit. Kennst du einen guten Privatdetektiv?«
»Dann mußt du dich aber von der großzügigen Seite zeigen. In unserem Milieu ist das so eine Sache.«
»Kein Problem«, bekräftigte ich und sah sie fest entschlossen an. »Ich habe dir doch schon erzählt, daß wir noch andere Quellen sprudeln lassen können«, fuhr Kaye fort, »für diese Filme gibt es 'nen Mordszaster. Und so, wie du gebaut bist, werden die dir die Tür einrennen. Pee kann dich auch in den Shows unterbringen, wenn du ernsthaft darauf aus bist. Das ist kein Problem. In den Bühnen-Shows.«

Ich wandte mich um und sah sie an. »Kaye, ich bin zu dir, Pee und all den anderen gekommen, mit nichts als einem hinterwäldlerischen Lockenkopf. Heute siehst du mich mit exotischem Kurzhaarschnitt. Meine Augenbrauen sind gezupft. Ich weiß jetzt mit Make-up umzugehen und habe stets Lippenstift aufgelegt. Viele Männer haben mich ihre ungeschliffenen Instrumente spüren lassen. Ich habe sie auf ihre sündhafte Reise durch die Hintertüre des Himmels begleitet und bin mit ihnen wieder auf diese Erde zurückgekehrt. Du weißt, ich bin kein Grünschnabel mehr. Nach der Moral, die mir meine Mutter vermittelt hat, haben sich all diese Männer wie heißer Teer in meine Seele eingebrannt. Aber wenn die Götter von Naka diese Moral für mich gelten lassen würden, hätten sie mir einen Mann gegeben, der mich liebt. Einen Mann, der unsere traditionellen Werte achtet. Werte, an die ich mich so lange gehalten habe, wie es eben ging. Doch jetzt gibt es kein Zurück. Ich bin schon zu tief gesunken. Und deshalb, Kaye, eben deshalb mache ich jetzt Filme und Bühnenshows, und alles was dazugehört. Aber ich will, daß davon jeder Pfennig in meine Tasche fließt, in meine eigene Tasche.«
»Da macht Pee nicht mit«, wandte Kaye ein, »nicht, bevor das mit deinem Mann und Osey abgeklärt ist. Du weißt ja, wie er ist.«
»Das weiß ich«, lenkte ich ein, »und deshalb müssen die Filme, Bühnenshows und was es sonst noch alles gibt, erst einmal warten. Da kann ich erst einsteigen, wenn ich sicher bin, jeden Pfennig, den ich verdiene, auch wirklich zu bekommen.«
Kaye wiegte den Kopf bedächtig hin und her. Dann kritzelte sie etwas auf ein Stück Papier und reichte mir den Zettel. Es war die Adresse des Privatdetektivs.
Das Büro, wenn dieses Kabuff den Namen überhaupt verdiente, befand sich im Keller eines Wohnblocks. Ein Tisch, ein Stuhl und ein Sessel bildeten die dürftige Einrichtung.
»Für meine Klienten.« Der Detektiv deutete lächelnd auf den abgewetzten Sessel.

»Und wenn auch mal zwei kommen?« erkundigte ich mich.
»Dann biete ich meinen Stuhl an und setze mich auf den Tisch«, erklärte er lachend.
Das Eis war gebrochen zwischen mir und Gerhard Strauss, dem Mann für alle Fälle. Ich besuchte ihn drei Tage nachdem mir Kaye den Zettel mit seiner Adresse zugesteckt hatte.
»Wie kommen Sie an ihre Klienten? Geben Sie Anzeigen auf?« fragte ich.
»Nein, durch Kontakte, persönliche Kontakte. Die machen mich zum Exclusiv-Detektiv. Denn das hier...«, er deutete auf seine vier Wände, »ist alles andere als exclusiv.«
Ich fiel in sein Lachen ein. Er begab sich wieder zu seinem Stuhl hinter dem Tisch. Ich saß ihm im Sessel gegenüber.
»Kennen Sie Kaye?« begann ich, »von Pompey? Vom Club 69?«
Er nickte.
»Seine Ehefrau Kaye hat mich geschickt.«
»Ich weiß, sie hat es mir gesagt.«
Davon hatte ich nichts gewußt. »Ach, was?« murmelte ich.
Wie ich anfangen sollte, war mir nicht so recht klar. Immerhin war dies meine erste Begegnung mit einem Privatdetektiv.
»Kommen wir zur Sache«, schlug er unerwartet geschäftsmäßig vor. Aber tatsächlich hatte ich jetzt meinen Faden gefunden.
»Ich möchte alles über eine afrikanische Frau in Erfahrung bringen. Sie lebt hier in Deutschland. Vor etwa einem Jahr, so hat man mir erzählt, war sie als Kellnerin in einem afro-karibischen Restaurant in Hannover tätig.«
»Das dürfte nicht schwer sein. Es gibt nicht viele solcher Restaurants in Hannover«, bemerkte der Detektiv, »wie heißt sie denn?«
»Comfort. Ich kenne nur den Vornamen.«
»Aussehen?«
»Groß. Dunkelhäutig. Wunderschöne braune Kulleraugen. Kultiviert. Mächtiger Haarwuchs, falls die Pracht nicht der Schere zum Opfer gefallen ist. Und dann gibt es da noch einen Mann.

Akobi. Er nennt sich jetzt Cobby. Das ist der Vorname. Der Familienname ist Ajaman. Er ist mit einer Deutschen namens Gitte verheiratet...«

Er notierte alle meinen Angaben.

«... die in einer Pappkarton-Fabrik beschäftigt ist. Die ist klein, pummelig. Kastanienbraunes Haar. Nicht hübsch. Sie leben zusammen in der Scharlemannstraße 54.«

»Wollen sie irgendetwas Bestimmtes erfahren?« fragte er.

»Alles, ich will einfach alles über sie wissen«, erklärte ich, »speziell über Comfort und Cobby. Solange es ihr nicht wehtut, solange sie keine Unannehmlichkeiten bekommt, ist es nicht schlimm, wenn Gitte miteinbezogen wird. Mich interessiert in erster Linie alles, was Cobby seit seiner Ankunft in Deutschland getrieben hat. Restlos alles!«

»Und in Afrika?«

»Jawohl, auch das. Selbst wenn jemand deshalb 'rüberfliegen müßte. Das zahle ich auch.«

»Das wird nicht nötig sein. Aber was genau wollen sie über seine Unternehmungen wissen?« fragte er nach.

»Seine Geldangelegenheiten, seine privaten Verpflichtungen... seine Erwerbungen, falls es solche gegeben hat. Alles, was Sie ans Licht bringen können.«

»Ich soll also nach Möglichkeit alles herausfinden«, faßte er in geschäftsmäßigem Ernst zusammen, »aber um welche Bereiche geht es?«

»Keine speziellen Bereiche. Alles was ihn, Comfort oder Gitte, oder alle drei zusammen betrifft. Alles, was er getan hat, alles, womit er sich zur Zeit beschäftigt. Was er erreicht hat, was er gerade erreicht, wie er es erreicht hat. Welche Pläne er jetzt hat...«

»Die Farbe seines Klopapiers auch?« scherzte mein Gegenüber.

»Ja, ja, ja, selbst die Farbe seines Klopapiers«, bestätigte ich lachend, »wann kann ich mit ersten Ergebnissen rechnen?«

»Wenn ich Ihnen sage, daß es soweit ist. Kaye wird Ihnen Bescheid geben.«

Ich machte mich auf den Rückweg. Es war, als wäre eine schwere Last von mir genommen. Zurück im Club 69 wartete Kaye auf mich. Sie hatte einen Plan ausgeheckt.
»Ich hab's, Mara. Ich hab's schon raus«, verriet sie mir. Ich saß oben in meinem Zimmer und richtete mich für einen Kunden her, der sich am Telefon für eine Stunde später angekündigt hatte. Einer der wenigen, die vorab einen Termin vereinbaren. Das lag möglicherweise an seinem Beruf. Tagsüber war er der Syndikus eines renommierten Anwaltbüros, nachts der Stammkunde des horizontalen Gewerbes.
»Geht's um mich?« wollte ich wissen.
»Ja, um dich. Mara, du willst einen neuen Anfang wagen«, führte sie weiter aus, »ohne Unannehmlichkeiten und Ärger mit deinem Mann und Osey. Pee ist unflexibel, der gibt nicht nach. Ein anderer Wohnort, ein anderes Bordell, ein anderer Zuhälter sind deshalb die passenden Antworten auf deine Probleme.«
»Ich soll also noch Öl ins Feuer gießen?«
»Umgekehrt«, berichtigte mich Kaye, »sagen wir besser, wir zünden das Öl an.«
»Beides brennt, wo ist der Unterschied?«
»Ich weiß es nicht«, gab Kaye zu, »aber es sieht gerade nicht so aus, als hätten wir die Wahl zwischen Brennen oder Nichtbrennen. Wir müssen uns darüber klar werden, was weniger schmerzhaft brennt.«
Nach einem kurzen Augenblick des Schweigens bemerkte ich: »Das heißt wohl, ich muß dich verlassen, Kaye.«
»Ich weiß«, bestätigte sie.
»Ob ich das will? Ich weiß es wirklich nicht«, zweifelte ich.
»Aber ich. Manchmal ist Tapetenwechsel einfach notwendig. Auch wenn wir in diesem Fall natürlich vom Regen in die Traufe kommen – moralisch betrachtet. Manche Veränderungen bringen Risiken und Schmerzen mit sich, erfordern Kompromisse. Aber ich habe mir für dich etwas verflucht Gutes ausgedacht. Hör zu! Du hast einen anerkannten Status. Du kannst dich frei bewegen, kannst überall in Deutschland arbeiten. Ich

schlage also vor, daß du dich ganz und gar aus Hamburg, überhaupt aus Norddeutschland, verabschiedest. Ab in den Süden, auf ein Neues. Nach München.«

»Das ist sehr weit weg«, entgegnete ich zweifelnd.

»Umso besser. Dort gibt es auch einen Zuhälter, einer der Besten in der Branche. Der hält sich korrekt an die getroffenen Abmachungen, genau wie Pee. Ich werde ihm die ganze Wahrheit über dich erzählen. Deinem Mann und Osey wird der schon zeigen, was 'ne Harke ist. Du wirst in ihm einen guten Luden finden. Jedenfalls, solange du nicht versuchst, ihn übers Ohr zu hauen oder ihm irgendwie hintenherum zu kommen. In anderen Worten: wenn wir mit ihm ins Geschäft kommen, halte dich an die getroffenen Abmachungen, Mara.«

»Und welche Rolle spielt Pee dabei?«

»Gar keine! Der Zuhälter ist mein Freund, nicht seiner oder unserer.«

»Und wie komme ich hier weg, ohne daß Pee etwas merkt. Soll ich einfach aufstehen und gehen?«

»Nein, das kannst du nicht. Das wirst du auch nicht. Du wirst fliehen«, bestimmte Kaye.

»Fliehen?«

»Aber ja, fliehen!«

»Wie das?«

»Du und ich, wir werden wie immer mit den anderen zu Schröder gehen.« Dr. Schröder hieß der Frauenarzt, bei dem wir uns alle vierzehn Tage zur Untersuchung vorstellen mußten.

»Nach dem Besuch bei Schröder machen wir den üblichen Einkaufsbummel. Wir werden uns wie üblich trennen. Zu einem verabredeten Zeitpunkt werden wir uns wieder am Auto treffen. Alle werden da sein, nur du nicht. Du bleibst wie vom Erdboden verschwunden.«

»Und wo bin ich wirklich.«

»In einem Zug in Richtung München. Oves, dein neuer Zuhälter, wird dich dort erwarten.«

»Was wirst du Pee erzählen«, erkundigte ich mich.

»Daß ich vermute, du wärest nach Holland durchgebrannt.«
»Hm, gut durchdacht, Kaye«, seufzte ich.
»Bis ins kleinste Detail«, lachte sie zustimmend.
»Wie hoch ist sein Anteil?«
»Oves? Dreißig Prozent.«
»Und deiner?«
»Schwesterliche Solidarität.«
»Nee, mal im Ernst, Kaye?«
»Nix, wirklich nix. Jetzt mach' kein Theater!«
»Zehn Prozent, darauf muß ich bestehen.«
»Nein, nein, nein!«
»Fünf!«
»Also gut, einverstanden«, gab Kaye nach.
»Damit ich sichergehen kann, daß du deine Hilfsbereitschaft nie bereust«, fügte ich hinzu.
Sie lachte. »Mach' dich fertig. Dein brandheißer Winkeladvokat ist im Anmarsch.«
In der Zimmertür blieb sie noch einmal stehen und wandte sich mir zu: »Wie war Gerhard?«
»Als Typ oder als Detektiv?«
»Beides«
»Als Typ spitze, als Detektiv..., da bin ich gerade dabei, es herauszufinden.«
»Du wirst es nicht bereuen, wirklich du wirst staunen«, fügte Kaye im Hinausgehen hinzu, »der schnüffelt wie ein Spürhund. Er steht im Verdacht, sogar Ameisen für sich arbeiten zu lassen.«
Gerhard benötigte acht Wochen wegen »Unzulänglichkeiten unten in Afrika«, wie er sich ausdrückte.
Wir vereinbarten einen Termin. Ich stopfte zweitausend Mark in einen Briefumschlag, den Rest seines Honorars, und machte mich auf den Weg zu ihm.
Die Begrüßung fiel noch förmlicher aus als beim letzten Mal, denn: »Zwischen uns besteht bereits das nötige Vertrauensverhältnis. Da können wir heute gleich zum Geschäft kommen«,

erklärte mir Gerhard. Ohne eine weitere Minute zu verlieren, setzten wir uns und kamen zur Sache.
»Wollen Sie es selbst lesen?« bot er mir an und hielt mir einen Stapel Papier entgegen.
»Ich lese kein Deutsch. Ich bin froh, daß ich es ein bißchen sprechen kann.«
»Na gut. Ich lese Ihnen also in Englisch vor. Sie sagen mir, wenn Sie etwas nicht interessiert, und was ich für Sie noch einmal auf deutsch abtippen soll. Oder noch besser, Sie stellen mir Fragen und ich gebe die Antworten, falls ich sie vorliegen haben... was jedoch der Fall sein dürfte.«
»Das wird das Beste sein«, pflichtete ich ihm bei.
Gerhard bewaffnete sich mit Notizblock und Füllfederhalter, um festzuhalten, welche Teile er später als Zusammenfassung abzutippen hatte.
»Dann schießen Sie mal los«, forderte er mich auf.
»Er ist im Juni 1982 hier angekommen. Haben Sie das herausgefunden?«
»Hier steht's. Mit Hilfe eines Agenten via Ostberlin. Ich kann Ihnen sogar die Behörde nennen, in der er damals in Afrika tätig war«, ergänzte Gerhard.
»Das ist nicht wichtig«, unterbrach ich ihn. »Woher kennt er Osey?«
»Osey ist ein Partner seines Agenten. Nach seiner Ankunft in Hamburg ist er eine Zeitlang bei Osey untergekrochen.«
»Das haben Sie alles herausgefunden?« bemerkte ich staunend.
»Dafür bezahlen Sie mich doch.«
Na ja, meinetwegen hätte er sich nicht ganz so unverbindlich geben brauchen. Mir hätte es sogar überhaupt nichts ausgemacht, ihm meine Dienste gratis anzubieten. Aber bei Gerhard war Dienst Dienst und Schnaps Schnaps. So war er nun einmal.
»Wann ist er bei Osey ausgezogen?«
»Als er eine Frau namens Gitte in einer Disco kennengelernt hatte. Ein schüchternes, kleines Pummelchen. Sie war keine Schönheit, und das wußte sie auch genau. Neunzehn Jahre alt

und noch von keinem Mann geküßt. Den ersten Kuß ihres Lebens gab ihr Cobby. Gitte verliebte sich bis über beide Ohren in ihn. Sie pendelte ständig zwischen ihrem Ein-Zimmer-Appartement und Oseys Wohnung hin und her. Zwei Monate später zog Cobby zu ihr. Sechs Monate darauf war Hochzeit. Kurz darauf bekam er die Arbeit, der er auch heute noch nachgeht. Dann bezogen sie diese Zwei-Zimmer-Wohnung in der Scharlemannstraße. Ungefähr drei Monate hatte Cobby einen festen Arbeitsplatz, als Osey in Richtung Afrika abreiste. Er kehrte mit einer Frau namens Comfort zurück, einer ehemaligen Arbeitskollegin von Cobby Ajaman in Afrika.«

»Hat sie bei ihnen gewohnt? Comfort? Hat Comfort bei Cobby und Gitte gewohnt?«

»Nein, sie hat bei einer Afrikanerin in Hamburg-Harburg gelebt, bis sie ihr eigenes Ein-Zimmer-Appartement bezogen hat. Auch hier in Hamburg. Cobby besuchte sie täglich, zu verschiedenen Tages- und Nachtzeiten, je nach Schicht. Manchmal besuchte er sie...«

»Das interessiert mich nicht«, unterbrach ich ihn.

»Na schön. Cobby und Gitte nahmen zusammen einen Bankkredit auf. Zwei Monate darauf heiratete Comfort einen Deutschen. Sie erhielt ihre Aufenthaltsgenehmigung und kellnerte in einem afro-karibischen Restaurant in Hannover. Man kann davon ausgehen, daß mit Darlehen von Cobby und Gitte, die Kosten für Comforts Heirat beglichen worden sind. Es ist ebenfalls davon auszugehen, daß Gitte davon nichts weiß. Comfort arbeitet inzwischen nicht mehr in dem Restaurant. Cobby hat sich mit dem Schwager des Besitzers geschlagen. Der Besitzer, ein Afrikaner, ist mit einer Deutschen verheiratet. Sein Schwager ist, das liegt nahe, auch Deutscher. Dieser hatte offensichtlich ein Auge auf Comfort geworfen. Dem eifersüchtigen Cobby sind dann die Sicherungen durchgebrannt.«

»Wo arbeitet Comfort jetzt?« fragte ich nach.

»Nirgends. Sie arbeitet nicht. Cobby sorgt für sie.«

»Kassiert sie Sozialhilfe oder so etwas?«

»Darauf hat sie keinen Anspruch. Ihr homosexueller Ehemann arbeitet. Da hat sie, als rechtlich angetraute Ehefrau, nichts zu erwarten. Auch wenn ihre Ehe eine Farce ist. Das Sozialamt ist in diesen Dingen...«
»Das interessiert mich nicht«, fiel ich ihm abermals ins Wort.
»Sie ist also von Cobby abhängig?«
»Voll und ganz.«
»Sie wohnt noch immer in dem Appartement?«
»So ist es.«
»Er besucht sie weiterhin?«
»Tag für Tag.«
»Gut, weiter. Haben Sie nichts über Afrika herausgefunden? Da baut er doch ein Haus?« erkundigte ich mich.
»Er baut keins. Er renoviert und vergrößert ein altes Zementhaus.«
»In der Stadt. In der Nähe des Strandes?«
»Nein, in einem Dorf.«
»Naka? Das Dorf heißt Naka?«
»Nein. Sumanyi.«
»Was treibt ihn denn dazu, ein altes Haus in Sumanyi renovieren zu lassen?« wunderte ich mich.
»Comfort stammt aus Sumanyi.«
Oh, war mir schlecht. Speiübel. Ich bat Gerhard um ein Glas Wasser. Mein Ehemann hatte mich also in ein fremdes Land geschafft und in einen Puff gesteckt. Von meinen Einkünften hielt er seine Geliebte aus, beglich ihre Miete und finanzierte die Renovierung ihres Hauses in Afrika. Unterwegs zu Gerhard hatte ich mich wirklich auf das Schlimmste gefaßt gemacht. Aber das hier übertraf meine kühnsten Alpträume um Längen. Gerhard las weiter, doch ich bekam nur noch die Hälfte mit, verstand nur noch die Hälfte. Schließlich bat ich ihn, alles, was Akobi und Comfort betraf, auf deutsch abzutippen. Außerdem wollte ich natürlich alles schriftlich, was das – wahrscheinlich zur Finanzierung von Comforts Scheinehe sowie zur Renovierung des Hauses in Sumanyi – zweckentfremdete Bankdarlehen

betraf. Ich beglich Gerhards Restforderungen und machte mich auf den Weg zum Club 69.
»Mein Gott Mara, ist alles in Ordnung?« rief Kaye erschrocken, als ich ihr entgegenkam. »Du bist ja aschfahl im Gesicht.«
Ich erzählte ihr die Neuigkeiten über Comfort und Cobby.
»Was wirst du tun?« erkundigte sich Kaye.
»Wann erwartet mich Oves?«
»Wann immer du willst. In vier Tagen haben wir den Termin bei Schröder. Es liegt jetzt an dir.«
»Dann kündige mich bei Oves an. In vier Tagen bin ich bei ihm. Kennst du übrigens jemanden, der demnächst ins Ausland fährt. Amerika, Afrika, Europa, Asien, egal wohin. Nur außerhalb Deutschlands muß es sein.«
»Matou hat von einer Cousine erzählt, die ihre Familie in Thailand besuchen soll«, berichtete Kaye. »Wieso, wie kommst du darauf?«
»Thailand?« dachte ich laut, »das würde gehen.«
Matou war eine von uns, eine aus Pee's Club. Ich hatte nie herausgefunden ob es sich um ihren wirklichen Namen handelte. Vielleicht war es auch eine Abkürzung oder ein Pseudonym.
»Was willst du denn mit Thailand?« hakte Kaye nach.
»Ich möchte von dort aus etwas an Gitte schicken.«

Ein Jahr ist seither vergangen.
Comfort wurde ausgewiesen. Sie lebt jetzt in Nigeria, habe ich gehört. Sie sei das Liebchen eines hohen Armeeoffiziers. Genaues weiß ich aber nicht, und will ich auch gar nicht wissen.
Akobi sitzt in einem deutschen Knast. Er wollte sich absetzen, hatte aber noch Schulden bei der Bank und mehreren Versandhäusern. Da haben sie ihn geschnappt. Ich bin sicher, er wollte der abgeschobenen Comfort nachreisen. Alles, was er und Gitte besaßen, wurde von der Bank gepfändet.
Gitte hat sich scheiden lassen und kehrte zurück in den Schoß der Familie. Wie mir zu Ohren kam, hat sie durch die ganze Geschichte ziemlich abgenommen. Sie sieht es also als Glück

im Unglück, zumal nur der liebe Gott weiß, wieviele Diäten bei ihr zuvor fehlgeschlagen waren. Sie will darauf achten, ihr neues Gewicht zu halten.

Habe ich alles richtig gemacht? Manchmal kommen mir Zweifel. Aber Gott sei Dank gibt es noch Oves, der dafür sorgt, daß ich keine Zeit zu Besorgnis oder Bedauern finde. Das soll aber nicht heißen, daß ich mich völlig unschuldig fühle. Schließlich hatte auch ich einen Anteil an der ganzen Misere, wenn auch unfreillig. Ich denke, zur Strafe werde ich wohl den Rest meines Lebens an Oves gefesselt sein.

Alle Gedanken an daheim habe ich verdrängt. Ich gehöre nicht mehr dorthin. Besonders hege ich tagein tagaus die Befürchtung, daß, falls ich mich doch eines Tages dort blicken lassen würde, aus heiterem Himmel die Sex-Videos auftauchen würden, die Akobi einst von mir gemacht hat. Schlimmer noch, inzwischen bin ich auf weiteren Sexstreifen verewigt. Heimat, du mußt mich vergessen, wie ich dich vergessen habe.

Oves kommt herein, seine schneeweiße Siamkatze auf dem Arm. Er streichelt ihr zärtlich das Fell. Er schaut nur kurz herein, um mir zwei Kunden anzukündigen, die in der nächsten Stunde erwartet werden.

Hier, bei Oves, gebe ich mich mit Haut und Haaren meinem Beruf hin. Ein Zurück gibt es nicht mehr. Ich bin jetzt Nutte, durch und durch Nutte. Wie es ist, keine Nutte zu sein, weiß ich schon gar nicht mehr. Das kann ich mir einfach nicht mehr vorstellen. Es fällt schwer, mir vor Augen zu führen, wie es früher war, bevor ich das wurde, was ich jetzt bin.

Verdammt oft denke ich an meine Mutter, an meine beiden Söhne. Manchmal hat mich das so runtergezogen, daß meine Männer nicht mehr wie gewohnt auf ihre Kosten kamen, wodurch ich mir beinahe Schwierigkeiten mit Oves eingehandelt hätte.

Oves ist strenger als Pompey oder Kaye. Er hat auch keine Frau, in der ich eine gute Freundin hätte finden können. Oves hat nur seine Siamkatze.

Bin ich down, oder ist eine andere schlecht drauf, bekommen wir »Schnee« zu schnupfen. Das richtet uns wieder auf, macht uns high. Es vergeht kein Tag ohne »Schnee«. Ich bin süchtig nach dem Zeug.
Meine Familie schwindet nach und nach aus meinem Leben, ohne daß sie es merkt. Ich selbst rutsche mit rasender Geschwindigkeit immer tiefer in den Sumpf. Ich bin mir dessen bewußt. Deshalb habe ich beschlossen, soviel Geld wie möglich für meine Mutter und meine Söhne beiseite zu schaffen, bevor mir keiner mehr helfen kann.
Der einzige Mensch, zu dem ich daheim Kontakt pflege, ist Mama Kiosk. All meine Sendungen an meine Familie, Geld oder Konsumgüter, laufen über sie. Aber auch sie kennt meine wahre Geschichte nicht. Mama Kiosk glaubt, ich arbeite in einem afrikanischen Restaurant. Die Idee habe ich geklaut, das muß ich zugeben.
Was meine Mutter wohl macht? Welche Spiele meine Kinder wohl spielen? Wo stehen jetzt wohl ihre kleinen, braunen Füße? Woran denken sie? Vielleicht an mich, antworte ich mir manchmal. Vielleicht kennen sie ja meine Lügengeschichte vom afrikanischen Restaurant und stellen sich vor, wie ich gerade mit einem Tablett voller exotischer Köstlichkeiten durch die Tischreihen balanciere, um die Neugierde lächelnder, weißer Gesichter auf das »Essen aus dem Busch« zu befriedigen. Mein ältester Bruder lebt in der Stadt. Ihm habe ich ein Videogerät und einen Fernseher geschickt. Ab und zu schicke ich ihm Aufzeichnungen der »Sesamstraße« oder von »Tom und Jerry« für meine beide Söhne. Die leben die meiste Zeit bei meinem Bruder, denn sie müssen die Schule besuchen. Darauf bestehe ich.
Manchmal sehe ich auch meinen drittältesten Bruder vor mir. Er saust über die engen, mit Schlaglöchern übersäten Straßen der Stadt. Aufgeregt drückt er auf die Hupe des Datsun Saloon, den ich für ihn habe verfrachten lassen. Er hat den Wagen zum Taxi umgebaut.

Ferner finanziere ich den Bau eines Zement-Blockhauses im Dorf für meine Mutter. Dadurch ist, so habe ich gehört, ihr Ansehen so sehr gestiegen, daß sie sogar meinen Vater zurückgewonnen hat. Dem Alten sieht das wieder ähnlich. Aber ich gönne es meiner Mutter.
Sie alle haben Anweisung, sich nach einem kleinen Zementhaus in der Stadt umzusehen. Ich möchte es für meine Kinder kaufen, damit sie wenigstens einen sicheren Platz haben, ein festes Dach über dem Kopf, wenn ich erst einmal völlig am Ende bin. Alles, was ich ihnen geben kann, ist käuflich. Würde und Anstand kann ich ihnen nicht bieten, davon ist mir nichts geblieben.

Amma Darko (Foto), ehemalige Asylantin in Deutschland, lebt heute in Ghana.